日常は案外ミステリアス

梅澤 かずえ
Kazue Umezawa

文芸社

はじめに

　この本は私が身近で目にした出来事や、自然や生き物、また普段何気なく使っている日用品や、社会で話題になった出来事を題材にして、創作したミニ小説集です。
　ミニ小説を書くことになったいきさつは、次のようです。

　長く続いた在宅介護が終わった2016年の春、私は心にぽっかりと穴が開き、何をしても楽しくない日々を送っていました。
　そんな時、購読している新聞の「ミニ小説」投稿コーナーが目に留まりました。介護中は時間が取れず、新聞をろくに見ていませんでしたが、掲載された小説は短いながらもとても面白く、「私もこんなのが書けたらいいな」という気持ちが沸き上がりました。
　文章を書くことは昔から好きでしたので、「応募してみたい」と思いました。さっそく、勇気を出して投稿しましたが、残念ながら採用されませんでした。けれども、文を考えている時の楽しさは、ぼんやりとしていた私の頭と心に明かりを灯してくれました。幸い時間はありました。この時間は、亡き母が私に授けたプレゼントのような気もしました。「継続して書いてみよう」と決心しました。

　その日から「え！」「なぜ？」「なるほど……」「これでい

いのかな?」「こうだといいな」など、生活の中で心を動かされた題材をシリアスな、ユーモラスな、ミステリアスな物語に創作して、日記のように1年余り書いていきました。

　今、私はこの小説に関心を持っていただいた読者の皆様にとても感謝しています。読み終わった時、「面白かった」「読んでよかった」と思っていただけたら、とても幸せです。
　また、私の人生に、出版というチャンスと足跡を与えてくださった文芸社にも感謝致します。

もくじ

はじめに　3

雑草万歳！　13
大変だ　14
静かな１年生　15
テレビの力　17
郵便配達はつらいよ　18
買うべきか、諦めるべきか……　20
こんな病院ができたら　21
新型事故に注意しましょう　23
名前　25
嫉妬　28
古いもの　30
故郷へ　32
偽装　34
ひまわり　35
改名　36
傘さんありがとう　37
ありがとうママ　39
のんびり屋　41
悩み　43
サンタクロース　44
完璧な対策　46
コンビニ店員の戸惑い　47
新しい家　49
重量オーバー　51

恐怖　53

観光バス　54

評価　56

バスと老人　58

嫌いな場所　60

変わった人？　61

お弁当　62

悲しい出来事　64

老け顔　66

おじさん、ごめんなさい　68

美しい光景　74

君は人気者　76

クリスマスプレゼント　77

朝寝坊　80

取り調べ　82

晴天・万歳！　83

君に会えてよかった　84

息子　86

遅刻　88

ある投稿　89

今日も元気　90

仲良く分けるには？　92

私を助けてくれるのは誰？　93

来年もよろしくお願いします　95

我が家は大丈夫　96

いったい、どうなっているんだ!?　98

違います　100
あなたは休日が好きですか？　101
事故　103
全員集合だよ！　104
ボールペン　106
さようなら……ありがとう……　108
褒賞の災い　110
鑑賞　111
あれ？　どこか似ている　112
開けてはいけません　114
遅すぎた！　117
危険な生物は○○○○　120
鯖　122
母の日　123
養殖人？　125
よかった……　127
父の日を知っていますか？　128
奥さんサービス　130
4　131
父の日　132
ウソをつく男　133
思い出の本　135
応援　139
バーゲンセール　141
どんぐりとクマ　142
夫の呼び方　144

私のリフレッシュ法　145
運がいい　146
花火見物　147
楽しいね　149
これが最後　151
初めての場所　152
詩人のまねごと　Ⅰ　153
詩人のまねごと　Ⅱ　154
声明文　155

日常は案外ミステリアス

雑草万歳！

2016.6.15

「今日もこんなにたくさん採れたよ」
　私は、両手の平いっぱいに載った野菜を孫の一郎に誇らしげに見せた。
　退職してから始めた野菜作り。1年目は上手にできなかったが、今年は順調に進んでいる。
　しかし、油断は禁物だ。もうすぐ梅雨の時期がやってくる。
　去年は雑草を抜くのを怠けたため、通風が悪くなり、あっという間に病気にかかるなどして弱ってしまった。
　そこで私は、一郎と一緒に草取りを始めた。
「わかった。おじいちゃん、雑草はじゃまものなんだね」
「じゃまもの、じゃまもの……」
　一郎のかわいい手で草はどんどん抜かれていった。
　しばらくして、一生懸命取っていた一郎が言った。
「おじいちゃん教えて！　僕のクラスに、いつものろのろしていて、みんなのじゃまになっている子がいるんだ。その子はどうしたら抜くことができるの？」

　私は今、「ごめんね」と言いながら、ほどほどに草取りを行っている。

大変だ

2016.6.29

「先生、大変だよ！　大げんかが始まっているよ」
　私は、慌てて次の授業の用具を手にすると、教室に駆けつけた。
　そこでは、乱暴者のA男と、いつもは仲裁役をすることが多いB男が取っ組み合いのけんかをしていた。
「やめろ！」
　私は大声を出した。しかし、A男は手を離したが、B男はやめなかったので、力づくで二人を立ち上がらせた。
　それから、ほかの生徒には自習をするように伝え、二人を廊下に出した。
「B君、いったいどうしたんだ。君が暴力を振るうなんて」
　心配しながら問いただす私に、B男は笑みを浮かべながら言った。
「先生、僕はいいことをしたんだよ。今日もK君がA君にいじめられていたんだ。だから僕はテレビで見た偉い人が言っていた、駆けつけ警護をしたんだ」
　B男は誇らしげに話した。

　しばらくして、子供たちの間で「駆けつけ警護」という言葉が流行しだし、あちこちでけんかが起こった。

静かな1年生

2016.7.10

　私は今年1年生を担当している。
　1年生は集中力、持続力不足のため、授業中もよくしゃべりよく動く。
　困るのは、話を聞いていないせいで学習に進歩が見られない子や、間違えて行動し失敗する子がいることである。
　ある日、私はこれではいけないと思い、いつもより怖い声と顔で、静かにすることの大切さについて話し始めた。
　ただならぬ雰囲気を感じ取ったのか、子供たちはすぐに静かになり、私の話を聞きだした。

　しばらく時間が過ぎた。室内は静寂さを保っている。
「いいぞ。ちゃんとみんな話を聞いているな」
　私はこの結果に満足した。
　その時だった。後ろのほうの座席に座っていたM男が、立ち上がると体をふらふらさせながら、前にやって来た。
　M男はじっとすることが特に苦手な子供である。
　その姿を見て、私は「じっとしすぎて疲れてしまったんだな。よく頑張ったな」と思った。
　私は優しい声で話しかけた。
「M男、よく頑張って話を聞いたね。えらいぞ！」
　すると彼は答えた。
「先生、さっきから眠くて仕方がありません。寝てもいいで

すか」

　あの日から私は、もう無意味な長話はしないようにしている。

テレビの力

2016.7.14

　今年私は３年生の担任である。
　３年生は、社会科の授業で、世の中のいろいろな産業について学習することになっている。
　少し前に漁業の勉強が終わったので、私は理解度を調べるため、小テストを行った。
　授業後、テストの採点をしていると、「先生、どう、できていますか？」と隣のクラスのＡ先生が話しかけてきた。
　テストは問題がもれないように、同じ日に行うことになっている。
「私のクラス、わけの分からない答えがあるんですよ」
　差し出されたテストをのぞくと、自分のクラスの解答にもあった「テレビ」という文字が見られた。
「僕も変な答えだと思っていたんですよ」

　数日後、その謎が、答え合わせの時に解けた。
　テストに出た問題と解答は次のとおりである。

　　問題　運ばれたサンマがいるのは、どこでしょうか？
　　答え　中央卸売市場

　誤答した子供たちはみんな、「明石家さんま」の大ファンであった。

郵便配達はつらいよ

2016.8.2

　ピカッと光る稲妻とともに、たたきつけるような雨が降り出し、強風が吹き荒れた。空は黒い雲で覆われ、昼間は夕方に変わった。
「またか……」郵便配達人の私は、雨宿りのためバイクを空き工場の軒先に移動すると、しばらく様子をみることにした。
　しかし、30分たっても状況は一向に変わらなかった。
　むしろ悪い方に向かっていた。雷雨は容赦なく続いた。
　私は連絡用のスマホを取り出すと本部に指示を仰いだ。
「もう少し待機して下さい。中止の場合はまた指示を出します」
　文面を読んだ私は、ハンカチで髪と首元をふきながら、濡れたコンクリートの床に腰を降ろした。
　時間がしばらく過ぎた。状況はまだ変わらない。
　軒下まで降り込む雨で、バイクも私自身もずぶ濡れである。
「タオルを持ってくるんだったな」
　私がそう思った時、突然そばから声が聞こえた。
「どうぞ、これ使って下さい。それからこれもどうぞ」
　見ると、若く美しい女性がバスタオルとアイスキャンディーを私に向けて差し出している。
「ありがとうございます」
　私は素直に受け取り、丁寧にお礼を述べた。
　さっきまで頭によぎっていた、「転職しようかな」という

考えが消え、嬉しさがこみ上げてきた。
　その時、ピピピ！　と遠くから音が聞こえた。
　私は慌ててポケットからスマホを取り出した。
「天候不良のため配達は中止し、すぐ本部に戻ってください」

　どうやら夢を見ていたらしい。
「ああ、やっぱりこの仕事やめようかなー。雪の日や台風の時も大変だし。あまり感謝されてもいないし」
　がっかりしながら立ち上がった時、向かいの家のドアが開き、出てくる女性の姿が目に入った。

「よかったら使ってね。返さなくていいから。それから若いからのどが乾いたでしょう、これ食べてね」
　夢で見た物と同じ物を女性は差し出した。
「ありがとうございます」
　私は見覚えのあるおばあさんに丁寧に礼を言いながら、「やっぱり、この仕事を続けよう」と決心した。

買うべきか、諦めるべきか……

2016.8.3

　私はさっきから迷っている。
　買うべきか、諦めるべきか……。
　目の前に並べられた、大好物のウナギのパックを私はにらみつけながら考えていた。
　そんな私の横を多くの人の手が何度も差し出され引っ込んでいく。
「簡単に買える人はいいなあー」
　ねたみに似た感情が芽生え、そんな自分が恥ずかしくなる。
　しかし、我が家の家計から考えると、やはり我慢すべきなのだ。
「勇気を出して諦めよう！」
　そう決心して店を出た時、スーパーの前を通り過ぎる「選挙カー」の声が耳に入った。
「○○○は崖から飛び降りる覚悟で立候補を決めました。……」

　私は背中を後押しされたような気がして、急いで店に戻ると、パックを手に取った。

こんな病院ができたら

2016.8.4

　私は今日、都内の有名な病院に来ている。
　この病院は正確な診断と治療、失敗のない手術で、今、大人気の病院である。

　まだ開院してから１年余りだというのに評判が評判を呼び、日本中から注目を浴びる病院となった。
　この病院では、ほかの病院で判断に迷う病気の原因や病名が最新最高の医療機器によりわずか10分で正確に診断される。それに沿った手術と治療が行われるので、ほかの病院だと起こりうる誤診や手遅れがない。
　また、手術を行うドクターの技術力もずば抜けている。

　さらに、ドクターやナースが患者を差別することがなく、誰にも公平に接してくれる。そのうえ職員全員が英語はもちろん多くの外国語を話すことができ、在日外国人も安心して受診ができる。

　このようにいいことづくめの病院だが、あえて欠点を言うとすれば、人気があり過ぎて予約をしても１週間は待たされることである。しかし、受診後の利点を考えると、このぐらいの難点は問題にもならない。

「Ａさんお入り下さい」
 しばらくして受付のロボット嬢が名前を呼んだ。
 そう、ここは未来に輝くロボット病院である。

新型事故に注意しましょう

2016.8.5

「じゃあお互いに気を付けましょうね」
　親友のＡ子と別れた私は、昨日から目を付けていた家に急いで向かった。
　最近、仲間がかつてない追突事故でたびたび亡くなっている。
　私たちはその事故を「新型事故」と名付け、対策を考えた。

　そして出された案が次のふたつである。

①すぐに仕事に取り掛からず、動きに不自然さがないか、まず遠くから、下見をすること。
②特に、においや体温に注意すること。

　私はひとつ目の下見は昨日終えていたので、今日は、②の注意を十分に行い、よければ仕事に取り掛かる予定だ。

「さあ、着いたわ。どこにいるのかしら？」
　私は下見の時に決めていた、この家の７歳ぐらいの女の子を探した。
「いたいた」
　それ、ブーン！　私はできるだけ羽音をたてないようにして近付いた。そして、においと体温を調べた。

「大丈夫だわ。ロボットじゃない。人間に間違いないわ」
　それでも私は恐る恐る針を差し込んだ。
「柔らかい。よかった」
　しかし、これで追突事故は免れたとほっとしたその時、パチ！　私は体を潰され絶命した。
　私はすぐ近くにいた母親に注意を払うことをすっかり忘れていた。

名前

2016.8.6

「郵便局員のＫは、500通余りの郵便物を家に隠していたことを認めました。配りきれずに行ったということです。Ｋは今年採用されたばかりでした。それでは次のニュースです……」

　私は毎朝ニュースを聞きながら朝食をとる。
　今日も聞き終わると、仕事用のカバンを持って急いで家を出た。
　バス停に向かう途中、なぜかさっきのニュースが気になった。
「どうして配らなかったんだろう。安定していた職は首になるし、世間に名が公表されて、この先の人生が閉ざされてしまうのに」

　私は小学校の教師をしている。今年は４年生の受け持ちだ。
　午後３時には下校させるので、世間では、割合、ひまそうに見えているらしいが、現実は違う。
　提出物の点検、処理、作品やテストの採点、そして多くの会議、などなど。６時過ぎまで学校にいるのは当たり前である。
　今日も私は宿題に出したプリントを採点していた。
「あら、やっぱり自分の名前をまだ平仮名で書いてるわ」

それは、クラスでトップの成績を持つＮ子のプリントだった。

　次の日、私は直接Ｎ子に聞いてみた。
「どうして漢字で書かないの？　ほかの子はみんなもう漢字で書いてるよ」
　するとＮ子は答えた。
「先生、私の名前はまだ４年生で習っていないから。プリントを配る人が読めないといけないと思って平仮名で書いてました」
　普段あまり感情を表面に出さないＮ子を、頭はいいけどちょっと冷たい子供と思っていた私は、彼女の優しさを知って嬉しくなった。

　その日もいつものように仕事をこなし、やっと家の前にたどり着いた時、私は、「あっ！」と思わず声を上げた。
　そこには「〇〇〇〇」と、文字が少しかすれて見えにくくなった表札があった。ある考えが思い浮かんだ私は、家に入るとすぐに表札の名前を黒マジックで太くはっきりと修正した。
「昨日、ニュースで流れていた郵便配達員のＫが配れなかったのは、怠け心ばかりでなく、配れない事情があったに違いないわ。我が家のように、見にくい表札もあっただろうし、最近は表札に名前を書かない家や表札のない家も多くなっているもの。近所に聞いても隣りの人もいなかったり、知りませんという人も多いし……」

あのニュース以来、私は表札の文字がちゃんと見えるかどうか点検するようになった。

嫉妬

2016. 8. 7

「今日も彼は女性と一緒に来ている」
　私は昨日ひと目惚れした男性が、今日も私の勤め先に来てくれたのはとても嬉しかったが、新しい女性と一緒だったのを見て少しがっかりした。
「仕方がないわ。彼はハンサムだし、モテそうだもの」
「私が好きになっても相手にされないかもしれない」
　あきらめ気分が湧いた時、二人が私のほうに近付いてきた。
　私は仲良く歩いて来たのを見て、嫉妬から意地悪をしてみたくなった。

「キャー！」
　井戸の中から突然出て来た私に驚いた彼女は、彼にしっかりと抱きついた。
「あっ、またやっちゃった。これじゃあ逆効果だわ」

　彼は彼女を優しくなだめている。彼は私が目の前にいるのに全く驚かない。その男らしさに私は昨日惚れたのだ。

　二人が去り、しばらく時間が過ぎて、「お化け屋敷」の終了時間が来た。
「Ｂさん、まだ着替えてないの？　私先に帰るね」
　隣りでのっぺら坊役をしているＡ子が手を振って小屋から

出ていった後、私はまた井戸の中に入った。

　A子はまだ気付いていない。私が本物のお化けで夏のボランティア活動で出演していることを。

古いもの

2016.8.8

「暑い！」
　私は思わず叫んだ。ここ数日間36度を超える日が続いている。
　時刻は午後2時。一日で最も暑くなる時だ。
　体は焼けつくように熱い。
　それでも「がまん、がまん。みんなの役に立っているんだから」と思った時、この家の主婦であるＳ子さんに、体をつかまれた。

「おかあさん。このカーテン、だいぶくたびれてきましたね。色もあせてきたし、そろそろ買い替え時じゃないですか？」
　なんてことだ！
　夏の暑さはもちろん、冬の寒さにも耐えてこの家の省エネのために日夜頑張ってきたのに。
　私はお払い箱になると聞いて涙が出てきた。
　すると、救いの声が聞こえてきた。
「何言ってるのＳ子さん、洗えばまだ何年か持つわよ。古いからって粗末にしちゃダメよ」

　二人の間でもめ事が起きた時、いつもＳ子さんに内心味方をしていた私だったが、今回は義母のＫ子さんに心からお礼を言いたい。

「K子さん、助けてくれてありがとうございます。S子さんに、これからも古いもの（物、者）を大切にして欲しいですね」と。

故郷へ

2016.8.9

　私はゴミ収集車の回収人だ。この仕事に就いて3年目になる。8年前の中学卒業後に名古屋に来てから幾つかの仕事をしたが、人付き合いの苦手な私は、どれも長続きしなかった。でも、この仕事は性に合ったのか、楽しく仕事をしている。
　今は都会の暮らしにも慣れ、故郷への恋しさは消えた。

　今日も私は、一軒ごとに家の前に置いてあるゴミ袋を、元気よく車に投げ込む作業をしていた。
　すると耳元で「コロコロ」というコオロギの声が聞こえた。
「あれ？　こんな場所で、まして昼間にコオロギ？」
　不思議に思って音の行方を確かめると、今、手にしているゴミ袋の中からだった。
　私は思いきってゴミ袋の口を開けた。すると刈られた庭の草の上に乗った1匹のコオロギが、私を見上げていた。
　私は合点がいった。恐らく家人が雑草を入れた時に混じって入ってしまったのだろう。

「よかったな、もう少しで焼け死にするところだったぞ」
　私は指でつまむと道端の草の上にそっと置いた。
「そういえば小さい頃、コオロギを近くの森で見付けて飼ったことがあったな。ほかにも森でいろんなことをして友達と遊んだっけ」

私は久しぶりに故郷の自然や友達を思い出し、一度休みの日に帰ってみようと心に決めた。

偽装

2016.8.10

「本当に今、偽装事件が多いんだから、気を付けなくちゃね」
妻が言った。

確かに最近世間では偽装事件が多い。肉の産地をごまかしたり、飼育用の米を菓子用に回したり、捨てるべき商品を再利用したりと、次から次へと起きている。

しかし、考えてみると、ブランドバッグや絵画などの骨董品の偽物は昔からずっとあるし、住宅の手抜き工事だってよくあることだ。
最近目立つ「オレオレ詐欺」だって、「だます」という点で、この類いに当てはまるだろう。

結局被害者にならないためには、真偽を見極める目と思考力が肝心ということだ。

しかし、時として、人間はうっかり見誤るものだ。
おれだって……。
私は妻を見ながら内心つぶやいた。
「見合いの時の君の化粧と仕草は大したものだったよ。あの偽装におれはすっかりだまされたんだから」

ひまわり

2016.8.11

「そっちを向いちゃダメだよ、ひまわりはいつも太陽の方を見なくちゃ」
　母親にしかられて、アイちゃんは仕方なく向きを変えた。

「大丈夫かな？　私が分かるかな？」
　傍には自分とよく似たひまわりがたくさん咲いている。
「自分と間違えてしまうかもしれない」

　太陽が高く昇り、午後になった。
　待ちくたびれて居眠りを始めたアイちゃんの耳元で、ブーンという羽音が鳴った。
「アイちゃん、こんにちは」
「あっ、タッ君。会えてよかった。昨日も一昨日も雨だったから心配していたの。お腹すいていない？」
「ありがとう！」
　みつ蜂のタッ君は少し照れながら礼を言うと、いつものようにアイちゃんの花のみつをごちそうになった。
　そして、「また来るね！」と元気よく言うと、仲間と一緒に飛び立って行った。
「よかった。元気でいてくれて。心配でタッ君の巣のある方をずっと見ていたけど、もうこれで安心だわ」
　アイちゃんはそれから、お母さんに叱られなくなった。

改名

2016.8.12

　世の中の人は皆、自分の姓名に満足しているのだろうか？
　私は不満である。
　私の名は「大場道子」。道子はいいが、大場が嫌いだ。
　この姓のおかげで子供の頃、「オバさん」とか「オバアさん」とか呼ばれて随分からかわれたものだ。
　泣いて母に訴えても変更する訳にもいかず、我慢するしかなかった。
　大人になってからはさすがにそんな呼び方はされなくなったが、やはり好きになれない。

「おめでとうございます！」
　今日は私の結婚式である。
　私は今、幸せに満ちている。ただ私が彼と結婚したいと話した時、母は「本当にいいの？」と尋ねた。
　その時、私は笑って、「大丈夫！」と答えた。

　母が心配したのも無理はない。
　彼の名は大路幸彦。
　私は大場（オバ）さんから大路（オジ）さんになった。
　でも私は平気だ。
　彼は私にとって、オジさんではなく、白馬に乗って現れた王子（オージ）様なのだから。

傘さんありがとう

2016.8.13

「あーあ、お母さんの言うことをきいておけばよかったなあー」
　小学１年生のゆみ子は教室の窓から、降り出した雨を恨めしそうに見つめながらつぶやいた。
「どうか、帰る時にはやんでいますように」
　そんなゆみ子の願いもむなしく、雨はますます強く降り続いた。

　しょんぼりしながら靴箱まで来たゆみ子はそこに自分の傘が立て掛けてあるのに気が付いた。
　傘には「ゆみちゃん、雨が降ってきたので、会社の休み時間に持って来ました。気を付けて帰ってね」と母のメモが付いていた。
　さっきまでの暗い顔が見違えるような明るい顔に変わったゆみ子は、学校の門を出ると、傘をぐるぐる回したり、スキップしたりしながら家まで帰った。

　しばらく歩くと家が見えてきた。その時、ゆみ子はある事に気が付き走って家の門をくぐると、急いで裏の庭へ向かった。
「やっぱり……！」
　そこには母と一緒に種蒔きをし、この間やっと咲き始めた

コスモスの花が雨に打たれて大きく傾いていた。
　ゆみ子は少し考えると、自分が差していた傘をコスモスの花の近くにそっと立て掛けた。

ありがとうママ

2016.8.14

　サッちゃんは一人っ子です。年は３歳。
　サッちゃんにはとても大切にしている人形があります。去年の誕生日に両親からプレゼントされた人形です。
　誕生日の数日前、ママから「何が欲しいの？」と聞かれたサッちゃんは「妹が欲しい」と答えました。
　その時ママはとても困った顔をしました。

　結局、誕生日のプレゼントはお人形でしたが、サッちゃんはこれをとても気に入りました。
　自分の名前の「サチコ」から１字を取ってチーちゃんと名付けて、本当の妹のようにかわいがりました。
　外出時も家に居る時も、いつもそばに置いて毎日を過ごしました。

　ところがある朝サッちゃんが少し寝坊をして目を覚ますと、隣りで寝ているはずのチーちゃんがいなくなっていました。
　大変です！
　慌てて家中を捜しましたが、見つかりませんでした。
「ママ！　チーちゃんがいない！」
　涙をいっぱい浮かべてサッちゃんはママに尋ねました。
　するとママは、こう言いました。
「ごめんねサッちゃん。あまり汚れていたからお洗濯したの」

ママが指差す先には、ピカピカになったチーちゃんがいました。
「ママ、ありがとう」
　サッちゃんは、優しいママに抱きつきました。

　それから1年。4歳になったサッちゃんは、今、妹のチエちゃんとお人形のチーちゃんの、二人の妹のお姉さんです。

のんびり屋

2016.8.15

「ママ来て！　大変だよ！　月がふたつ出ているよ！」
　長男の一郎に手を引っ張られて、私は一緒に庭に出た。
　そして、一郎が指さす空を見上げると、そこには丸く大きい月が見られた。
「こっちにもあるよ」
　言われるままに、今度は右を見ると確かに、そこにも丸い月があった。私は戸惑った。
「？？　ひょっとしたら地球の終わりかもしれない。でもニュースでも言ってなかったし……」
　一瞬、こんなとんでもない考えが頭に浮かんだが、すぐに思い直した。

「あれは月とお日様よ。東に見えるのがお月様、西に見えるのがお日様よ」
「ふ〜ん。でもどうしていつもは別々なのに今日は一緒に出ているの？」
　この質問に、難しい説明をしても理解できないだろうと思った私はこう答えた。
「それはね。お日様がのんびり屋でお月様があわてん坊だったからよ」
「まるでのんびり屋の僕とあわてん坊の二郎みたいだね」
　一郎はにっこりして言った。

その夜、私は、いつものように二人の子供のかたわらで、絵本の読み聞かせをした。
　二人とも最後までじっと話に耳を傾けて聞いていたが、読み終わった時、一郎が心配そうな顔をして私に言った。
「ママ、今日、かぐや姫は、ちゃんと月に帰れるかなー。のんびり屋のお日様をお月様と間違えないかなー」

　一郎の不安を取り除くため、私は窓のカーテンを大きく開けた。
「大丈夫よ。ほら、もうお日様は出てないから、かぐや姫は月と間違えることはないわ」

　その日からのんびり屋だった一郎は、少しだけ前より早く行動するようになった。

悩み

2016.8.24

　私はある食品メーカーで栄養士として働いている。
　会社では病人並びに高齢者用のお弁当開発を任されている。
　塩分、カロリー、たん白質などの分量を調整するばかりでなく、おいしく、食べやすく、食欲を誘うお弁当を作らなければいけない。
　過去には思ったように出来ずにがっかりしたことも多くあったが、利用者の方から「おいしかった」と評価されることに喜びを感じ、元来料理好きなこともあって、私は毎日仕事を楽しく続けて来た。
　だが最近になって、ひとつ職業上の悩みが生じた。

　我が家は家族全員で夕食をいただく。
　今日もテーブルの上には私のお得意の料理が並んでいる。
「いただきま〜す！」
　夫も、子供も喜んで食べてくれる。

　その顔を見ながら、私は「糖尿病用」とラベルの貼られたお弁当のふたを開ける。
　私の仕事上の悩みは、そう、どうしても食べ過ぎてしまうことなのだ。ああ困った！

サンタクロース

2016.8.26

「あ！ パパの足音が聞こえてきた。さあ二郎、寝たふりをしようぜ」
　一郎は弟の二郎に声をかけると素早くベッドに横になり、目を閉じた。
　中に入ってきたサンタクロースは、一郎と二郎の枕元に大きな包みを置くとすぐに出て行った。

「お兄ちゃん、中を見てもいい？」
「いいさ。でも今年もママに言った通りの物に決まってるよ。それより、明日の朝、いつものように驚いたふりをするのを忘れるなよ。僕たちの喜ぶ顔を見せるのが親孝行なんだからな」

　１階に降りたサンタクロースは、リビングに入ると中にいた女性に話しかけた。
「終わりました。プレゼント代と出張代を合わせて２万５千円です」
「ありがとう。助かったわ。来年も頼むかもしれないわ」
　お金をもらったサンタクロースは「メリークリスマス！」と言うと、次の配達先へと車を出発させた。

「それにしても我が家の子供たちは本当に心が純粋だわ。一

郎はもう13歳なのにまだサンタがいると信じているんだから。でも今年は焦ったわ。急にパパが会社のクリスマス会で酔って帰るかもしれないと連絡してきて、どうしようかとハラハラしたけど、代理サンタに頼めてよかった。これで子供たちの夢を壊さなくて済んだわ」

　母親は、明日の朝見られる二人の喜ぶ顔を想像し微笑むと、ベッドに入った。

完璧な対策

2016. 8. 30

　ある住宅で起きた悲劇だった。
　家の持ち主は防犯対策、防音対策を完璧に行い、空き巣や暴走族の騒音を気にせずに安心して暮らすことができる家を完成させた。
　しかし、彼は先日、自宅で火災に遭い、亡くなった。
　下記は事故に関わった３人の話である。
　・息子「２階から降りると、父にすぐに外へ逃げるように声を掛けました。部屋の中に入って寝ていた父を起こしたかったのですが、中から鍵がかかっていて入ることができませんでした」
　・隣家の人「火災報知機の音も息子さんの叫び声も聞こえませんでした。息子さんが外に出て助けを呼んだ時やっと気が付きました」
　・消防士「窓にはすべて面格子が取り付けられていました。簡単に取れないように、わざと釘がつぶされていました。電動シャッターは電気がショートしたので動かなくなっていました。中に入るのに、面格子と防犯ガラスの窓とシャッターを壊さなければならず、救出に時間がかかってしまいました」

　さあ、あなたは、どの程度の防犯・防音対策をお望みですか？

コンビニ店員の戸惑い

2016.8.31

　私はコンビニでアルバイトをしている。
　働き出して約半年。初めは戸惑うことも多かったが、最近、大分仕事に慣れてきた。
　だが、いまだに迷うことがふたつある。
　ひとつはお酒を売る時である。
　未成年者に売ることは禁止されている。だが20歳未満かどうかを見かけで判断するのはかなり難しい。
「20歳を超えていますか？」と聞くのもはばかられるので、結局、明らかに分かる時以外は黙認してしまう。
　もめ事は起こしたくない。

　もうひとつは今の話に似ているが、客の性別と年代を判断することである。
　コンビニのレジスターには男女別の性別キーと何歳代かを入力するキーが付いている。年代は10歳代〜50歳代以上までが、10歳ごとに区切られている。
　購入商品の世代と性別を調査することで、よく売れる商品を多く仕入れ、経営改善を進めるためだ。
　しかし、ひとつ目の話で書いたように、見かけで年代を判断するのは難しい。若く見える人もいるし、老けて見える人もいる。
　そして最近は男か女かの性別さえ分からない時もある。

結局、いいかげんに判断して入力している。

「〇〇さん、交代の時間ですよ」
　次のアルバイト店員に声をかけられ、私は店を出た。

　私は家に着くと仮の衣装を脱ぎ、女性用の服装に着換えた。そして、夕食用の弁当を買うため、近くのコンビニへ向かった。
　ちなみに、私の年齢は52歳。
　性別は、みかけは男だが内面は女のトランスジェンダーだ。
　いつも行っているコンビニでは、私は何歳代に見られ性別はどう判断されているのだろうか？
　ちょっと気になる。

新しい家

2016.9.4

「あなた、そっちじゃないわよ！」
　妻に言われて、私は慌てて向きを変えた。
　目当ての家は、初めて行く所だ。間違いのないように事前に道順を調べていたのに、うっかり、去年までの家の方へ向かおうとしていた。

「できれば前の家に行きたいなあ……」
　その家には40年近く住んでいた。結婚を機に一生懸命働いて初めて購入した家であり、そこで子供を育て、娘二人を嫁がせ、退職後も住んでいた場所だ。
　私と妻との人生が限りなく詰め込まれた家なのだ。
　しかし、今日はあきらめなければならなかった。

「早く行かないと、夜中になってしまう……」
　私は最近付けた「クモナビ」を頼りに道を急いだ。

「やれやれ、やっと着いた。あ！　あそこにいるのは、孫の一郎だな」

「おじいちゃんとおばあちゃん、もう来たかな？」
「迎え火を焚いたから、そろそろ着いたんじゃないかな」
　娘の里子の声が聞こえた。

私と妻は最近建てたばかりの里子の家に雲から降りると、そっと入った。
　そして新しい畳のにおいがする和室に仏壇と私たち二人の位牌があるのを確認した。

「あなた、素敵な家じゃない。来年も来るのが楽しみだわ」
　私は「そうだな」と返事をしながらも、自分が建てた昔の家にまだ未練を感じていた。

重量オーバー

2016.9.9

　私の目の前でドアが開いた。
　中はかなり混んでいて、ほとんどすき間がない。
「やめよう」
　私が入らないことを察した後部の女性が慌てて乗り込んだ。
　ドアは静かに閉まり上昇した。

　少しして隣りのドアが開いた。今度はかなり余裕があった。
　私は安心して奥まで乗り込んだ。
「よかった。二度と同じ目には遭いたくないもの……」

　私は自分の体重にコンプレックスを持っている。
　数日前、女性が一人降りた後でエレベーターに足を踏み入れた途端、重量オーバーのブザーが鳴った。私は慌てて降りた。
　その日以来、私はすいている時しか乗らないことにしていた。
　そして、今、乗り込んだエレベーターはオフィスのある10階に着くまでに開閉を繰り返し、やがて中は身動きできないほど人で一杯になった。目的階に着いた時、降りたのは私だけだったが、奥にいたため出るのが少し遅れた。待っていた２人の女性のひとりが乗り込んだ時、私はまだ中にいた。
　ブザーが鳴った。

しかし、私が降りて、2人目の女性が乗り込むと、無情にも音は消えた。

恐怖

2016.9.11

　私は今、電車の車内にいる。
　中は混んでいたのでやむをえず立っているのだが、気が付くと数人の若者が私をとり囲むように立っている。
　彼らは皆下を向き黙々とスマホをいじっている。
　話し声も音も聞こえてこない空間の中心に私はいた。

　立ちながら私は妙に気味の悪い感覚を覚えた。
　人間ではなくスマホにとり囲まれているという冷たく得体の知れない感覚……。
　そして、それは恐怖に変わった。
「もし、このスマホから有害物質が同時に噴射されたら……！」

　今の日本ではあり得ないと思いつつも、早く下車駅に到着することを願わずにはいられなかった。

観光バス

2016.9.14

「右に見えますのが三保の松原です」
　バスは海岸線をゆっくりと進んで行く。
　目の前には日光に照らされ、きらきらと光る青い海が広がり、手前に黒々とした幹を持った風格ある松が何十本と並んで立っている。

「ここで昼食をとります」
　ガイドに促され、私はひざの上に弁当を広げた。
　遠くをながめると、日本のシンボルである「富士山」が美しい形を惜しげもなく披露している。

「昔はよかったな……。でも、もうあの頃には二度と戻れないだろう……」
　私は深いため息をついた。
　そして、今いる建物の外をながめた。
　外は核戦争でもたらされた不毛の地が、どこまでもどこまでも続いていた。

　ガイドが終了を告げた。
「みなさん、今日のバーチャル観光は楽しんでいただけたでしょうか？　それではお食事がお済みの方から随時解散ということに致します」

私は知らず知らず出てきた涙を手でぬぐいながら、弁当箱の中の化学合成食品を口に入れた。

評価

2016.9.29

　私は今年1年生の担任をしている。
　高学年の担任が多かった私には久しぶりの1年生になる。
　今日は家庭訪問日だ。
　今から訪問するM君は明るく活発で素直な男の子だ。
　私が大声で注意してもへこたれない強さも持っている。
　だが近ごろ少し元気がないのが気になった。

「こんにちは！　担任の吉田です。近ごろM男君は少し元気がないのですが、何か心当たりはないですか？」
　母親は私の質問ににこやかに答えた。
「私もそれは気付いていました。それで数日前に理由を聞いてみたんです。そしたら……とても悲しそうな顔をしてこう言ったんです。
『だって僕、勉強ができないんだもの。ノートに×がたくさんつくし、先生によく注意されるし』
　それを聞いてとても心配しました。
　でも、先生、もう大丈夫です。
　今日M男はとても嬉しそうな顔をして帰って来て、私に二重丸のついたノートを見せてくれました。きっと自信を取り戻したのでしょう。さっき、元気よく外へ飛び出て行きました」

私は母親の話を聞いて深く反省した。
「M君ごめんね。先生厳し過ぎたね。明日からもっと優しくするね。○をたくさんノートに付けてあげるね」
　そして、私は願った。
　今日のノートの評価が二重丸ではなく五重丸で行われたことをM君がずっと気付かないようにと。

バスと老人

2016. 10. 1

　私は今、家へ帰るためバスに乗っている。
　昨夜は１年ぶりの夜勤だったので、午前中のバスに乗っているのだが、とても驚いたことがある。
　それは、乗客のほとんどが老人であることだ。
　私を含めて中年は数人、若者はわずか二人しか乗っていない。
　高齢化が猛スピードで進んでいるのを目の当たりにした。

「自分が老人になった時は、いったいどうなっているんだろう」
　一抹の不安が頭をよぎったが、すぐに睡魔に襲われ、私は寝てしまった。

　しばらくして言い争う人声で私は目を覚ました。
　何だろう？　と声のする方を見ると、少し離れた席で二人の男が揉めていた。
「おい！　ここはおれが先に座ろうとしたんだぞ。立て！」
「お前がのろのろしていたから、先に座ったんだ。文句があるか！」
　どうやら、原因は席の取り合いのようだ。
「まるで、子供だな」と、私は苦笑したが、本人たちは真剣そのものに見えた。

もう空いている席はなく、座っている人も全員老人だったから立って席を譲る者もいない。
「どうなるのかな……。老人はみんな頑固だから。運転手さんが仲裁に入ってくれないかな」

　心配になった私は運転席を見た。
　しかし、そこには人の姿はなかった。
　どうやらこのバスは自動運転のようだ。
「困ったな……。ヘタに声をかけると、こっちが巻き込まれそうだし……」

　私は立つべきかどうか迷った。
　その時、二人の男たちの前に座っていた杖を持った老人が立ち上がって声をかけた。
「まあまあ、老人同士仲よく助け合いましょう。私はもう充分座ったから、どうぞ腰かけて下さい」
　立っていた男はまだ何か言いたそうだったが、断るのも悪いと思ったのだろう。黙って席に着いた。
「よかった……」私はほっとして再び目を閉じた。

「もしもし、終点ですよ！　起きて下さい」
　私はバスの運転手に肩をたたかれて目を開けた。
　どうやら10年後の夢を見ていたらしい。

嫌いな場所

2016.10.5

「嫌になるなあ……」
　今、車で走っている橋の上は、毎日必ず渋滞する私の一番嫌いな場所である。
　今日も私があきらめ気分で運転を続けていると、橋の上からじっと下をながめている女性が目に入った。
　私は少し気になったが、前の車が動き始めたのでそのまま通り過ぎた。

　翌日は日曜日。天気は快晴、朝の光がまぶしい。
　私は女性のことを思い出し、運動がてら、橋までサイクリングをすることにした。
　朝の新鮮な空気の中を気持ちよく走り続けた。
　そして橋の上まで来ると、さっそく下をのぞいてみた。

　川面がきらきらと輝き、透き通った水が静かに流れていた。
　浅瀬には、10羽ほどの白さぎがいて、大きい白さぎの近くで小さい白サギが楽しそうに飛び回っていた。
　私は都会の身近な場所に、まだ、わずかでも渡り鳥が営みを続ける自然が残っていることに驚き、目にすることができたことを感謝した。
　その日から、私の一番嫌いだった場所は一番好きな場所に変わった。

変わった人？

2016. 10. 21

　彼女を見た時、私は「変わった人だな」と思った。
　彼女は、リュックサックを背中でなく、胸側に掛けてバスに乗って来たからだ。
　その姿はまるで、赤ちゃんを抱くお母さんのようだった。
　彼女は紺色のスーツ姿で、髪をきちんと束ねていた。お化粧は程々で、まじめな若い社会人に見えた。

　少しして、彼女はバスから降りた。
　何となくそれを見ていた私は、自分の間違いに気が付いた。
　彼女は降りると、すぐにリュックを背中に掛け直したからだ。

　彼女は変わった人ではなかった。車内でリュックをほかの乗客にぶつけたりして迷惑をかけないようにしていたのだ。

　私はさり気なく気配りができる彼女に感動し、「少し勇気がいるけど、私も見習おう」と決めた。

お弁当

2016. 10. 7

「あれ？　A子さんはどこ？」
「先生、A子は外で一人でお弁当を食べてるよ。月曜日は最近いつもそうだよ」
　私は明るく活発で友達も多く何の問題もないと思っていたA子が、なぜ一人で食べているのか不思議だった。
「ひょっとして、いじめ？」
　心配になった私は、運動場に出るとA子を捜した。
　A子はすぐに見付かった。
　校庭の隅のイチョウの木の下のベンチに座って黙々とお弁当を食べていた。

「A子さん、どうしたの？　一人で、何か困ったことでもあるの？」
　するとA子は首を大きく横に振りながら、
「特にありません。先生、心配しなくていいです」と答えた。
　その時、私はA子には母親がいないことを思い出した。
「A子さん、そのお弁当は自分で作ったの？」
「いいえ、父が作りました」
　見ると海苔が巻かれた少しいびつなおにぎりと、焼き魚、形が崩れた卵焼きが入っていた。

「あ！　そうか。きっと見てくれが悪いから、友達に見せた

くないんだ」
　そう確信した私は、A子を励ますため、
「A子さん、お父さんはすごいね。A子さんのために忙しいのにお弁当を作ってくれるなんて。形は悪いけど、愛がこもっているね」と声をかけた。
　すると、A子は突然笑い出した。
「先生！　私がみんなに見られたくなくて一人で食べてると思ったんでしょ！　残念でした。大はずれで〜す！」

　その後の説明を聞いた私は、心が洗われる思いがした。
　A子はこう話してくれた。
「先生、父は月曜日がお休みなんです。それで、私にお弁当を作ってあげようと思ったそうです。私は、もちろん嬉しかったです。
　でも初めて作ってもらった日、いつものように、仲のいい友達と一緒に食べたら、おしゃべりに夢中で半分くらい残しちゃったんです。そのまま家に持って帰ったら、父はとても悲しそうな顔をしました。私、父に悪くて……。
　だから一人で食べることに決めたんです」
「それにね、先生。こうやって目をつむってかみしめながら食べると、とてもおいしいんですよ。お父さんの味がして」

悲しい出来事

2016.10.10

　彼女は今、整形手術を終えて街を歩いている。
　昨日まで、誰も、というより男性から熱い視線をもらうことはなかったが今日は違う。
　既に３人の男性が、彼女をじっと見て通り過ぎて行った。
　しかし、彼女が整形をしたのは、モテたかったからではない。

　彼女は子供のころから自分の顔にコンプレックスを持っていた。
　目が小さく、鼻も低く、そのうえ歯が出ている顔。
　学校では「出っ歯、ブス」と呼ばれ、いじめに遭った。
　彼女は段々と気持ちが暗くなり、あまり笑わない子供になっていった。
　大人になってからは、さすがに面と向かって言う者はいなかったが、ほかの女性との差別を感じることはよくあった。
　街をショッピングのため歩いていたら、通りすがりの車の窓から、「ブスー！」と笑いながら大声で叫ばれたこともある。その時は、恥ずかしさのあまり、死んでしまいたいと思う程、心が打ちのめされた。

　彼女は、女性を外見でしか見ないこれらの男性を恨んだ。
「見返してやる！」

両親には申し訳ないと思ったが、彼女は顔の整形をする道を選んだ。
　病院は、誰にも知られないように、県外の病院を受診した。

「誰をターゲットにしよう……」
　彼女は信号待ちをしている間考えていた。
　その時だった。
　カーブを曲がりきれなかった車が突然交差点の歩道に向かって突っ込んで来た。
　彼女は運悪く、この災難に巻き込まれた。

　彼女の両親は１週間も連絡の取れない娘を心配して警察に捜索願いを出した。
　今回の交通事故のことは報道で知っていた。しかし、娘が関係しているとは知る由もなかった。
　彼女の顔は両親が愛し育てた娘の顔ではなかった。
　結局、彼女は身元不明者として弔われた。

　１年が過ぎ、今も両親は、娘の生存を信じ、悲しみの毎日を送っている。

老け顔

2016.11.4

「どうぞ座って下さい」
　人のよさそうな青年が言った。
「ありがとう」
　私は彼の申し出を素直に受け入れた。
　私は62歳。世間の常識で考えると、まだ席を譲ってもらう年齢ではない。
　少し前の私なら、断るか、嫌々座ったに違いないが今は違う。
　２ヶ月前に言われた友達の言葉がきっかけとなって、私は変わった。

「Ｋちゃんはやせているから、年より老けて見えるよ」
　笑いながら話を受け流した私だが、正直、言われてドキッとした。
　最近、鏡を見るたびに気になっていたからだ。

　その日から、私は若返りのため幾つかの手立てを試みた。
　まず、あまりしていなかった化粧を外出時は必ずすることにした。
　しかし、映画館で切符を買おうとした時、係の女性は親切そうに言った。
「65歳以上はシルバー料金で、お安くなりますよ」

化粧だけでは効果がないことを悟った私は、次に首の辺りに多いしわを隠すため、スカーフを使用するなどして露出を防いだ。
　しかし、近くのスーパーで「パート募集（65歳まで）」の貼り紙を見て申し込もうとした時、店の女性は言った。
「65歳までですが、大丈夫ですか？」
　資格はあったが、気が滅入ったのでやめた。

　病気かもしれないと思い、検診を受けたが、まったく問題はなく健康だった。
　結局、「老け顔」なのだ。

　落ち込んでいた私にしばらくして転機が訪れた。
　ラジオ「人生相談」のパーソナリティーがリスナーに向かっていつも呼びかけている言葉が胸に響いた。

「あなたが認めたくないと思っていることは何ですか？
　それを認めた時、必ず道が開かれます」

「老け顔、結構！　席を譲ってもらえる、有難い！」
　私は現実を素直に受け入れることに決めた。

おじさん、ごめんなさい

2016.11.5

「あっ、あのおじさんだ！」
　私は、以前見かけたことのある男性を見て、ある疑念を抱いた。

　男性を初めて見たのは、半年ぐらい前のことだ。
　近くの公園を通りかかった時、彼はリヤカーにたくさんのアルミ缶を詰めたビニル袋を積んで歩いていた。
　行く方向が同じだったので、それとなく後ろからながめつつ進んで行くと、彼は自動販売機の前に止まり、かごにたまっているアルミ缶を、用意していたビニル袋に入れ始めた。
「こうやって集めて、どこかに売りに行ってお金にするんだな」
　このような人がいることは前から知っていたが、こんなに近くで様子を見たのは初めてだった。
　もう冬が近いというのに、彼は薄手のかなり汚れた衣服を着用し、髪も首筋まで伸び、手や顔もしばらく洗っていないように見えた。年は分からないが初老で、とてもやせていた。
　すると、彼は私の視線に気が付いたのか、突然振り向いた。
　私は少しどきっとした。
　彼を気の毒な人だと思いつつ、関わりたくないという気持ちが働いた私は、目をそらして下を向くと急ぎ足で通り過ぎた。

2回目に会ったのは、やはり同じ公園で、私がベンチに腰かけて桜の花を見ていた時だった。
　彼、いや、アルミ缶のおじさんは、前見た時と同じようにリヤカーを引いて歩いていた。春だというのに、この前見た時と同じ服装をしていた。
　私は気付かれないように下を向いたが、おじさんはちらっと私の方を見た気がした。
　そして３回目が今日である。もう６月だというのに、おじさんはやはり同じ身なりだった。そして、手にはスーパーのかごの代わりに少しふくらんだレジ袋を持って店内をゆっくりと歩いていた。
「ここで買い物するんだ。何を買うのだろう？」
　少し気になった私は、おじさんの行動を目の片隅にとらえながら自分の買い物を進めた。
　おじさんは、時々、立ち止まっては、商品をながめたり手に取ったりするものの、また元に戻して少しずつ移動していた。

「ああ、やっぱりお金がないから買えないんだ。万引きしないかな？」
　そう思った時、レジ近くに置いてあった賞味期限間際の特売のパンの更なる値引きが始まった。係の女性が、３割引のパンをその半額にするシールを貼り始めた。
　おじさんは素早く近くに行くと、食パンを３つ手に取り、「ありがとう、ありがとう」と言って何度も係の人に頭を下

げた。
　そして、彼はレジに進み、100円程の代金を払いスーパーを出て行った。

　私はとても自分が恥ずかしかった。
　私の頭には彼が万引きをするかもしれない人物という考えが、初めからあったのに違いない。
　そして、それを見たくて、まるでテレビドラマの万引きＧメンにでもなったかのように彼を見張っていたのだ。
　私は反省しながら家路に就いた。

　それから２週間ぐらいして、私はまたこのおじさんにスーパーで会うことになった。
　おじさんはこの間と同じようにまた、時々商品をながめては、少しずつ店内を歩き回っていた。
　今日もかごではなく手に持っているのはレジ袋である。
　私は、この間反省したばかりなのに、また、疑念が頭に浮かんだ。
「今日は、月曜日ではないからパンの特売もない。おじさんはどうするのだろう？　万引きしないといいけど」
　私はとても不安になった。

　その時、ひとつの考えが浮かんだ。
「そうだ。こうすれば、防げるかもしれない」
　私は既に買い物を終えていたが、もう一度パンコーナーに行き菓子パンをひとつ購入した。

それから、まだ店内にいたおじさんの所へ行くと、勇気を出して声をかけた。
「おじさん。よかったらこれどうぞ。レシートもありますから」
　私がパンの入った袋を差し出すと、おじさんは目を丸くして私を見つめながら言った。
「いいの？　悪いですね。あなたは時々お見かけしますね。どうもありがとう」
　私は、おじさんの言葉遣いのよさに驚いた。

　帰宅後、私はよい事をしたと思い、気分をよくしていた。
　しかし、少したつと、自分がした事は、本当によかったのか心配になってきた。
「彼は自分が万引きする人間と見られていたことに腹を立てているかもしれない」
　私がした事は結局、彼を傷つけた行為であり、私の思い上がりの偽善行為に思えた。

　それからしばらくはスーパーに行く度に、彼が来ていないか探したが、彼の姿を見付けることはできなかった。
「やっぱり、私は彼を傷つけてしまったんだ。もうこのスーパーには来ないかもしれない。
　安い特売のパンを買えなくなってしまったおじさんは、いったいどこでパンを買っているのだろう……」
　私は申し訳ない気持ちで一杯になった。

その後公園へも何度か足を運んだが、おじさんの姿を見ることはなかった。
　夏が終わり、秋が来て、冬を迎えたが、スーパーでも、公園でもおじさんを見ることはなかった。
「病気になってないかな……。あんなにやせていたし」
　私は今度公園で見かけたら、私と分からないように、リヤカーの上にこっそり冬用のジャンパーを置こうと考えていた。
　しかし、それも実行されることはなく、私の脳裏からも次第におじさんのことは忘れ去られていった。

　約２年の月日が流れた。
　その日、私は少し離れた所へ用事で出かけた。
　道を歩いていると交差点の前でリヤカーと共に信号待ちをしているおじさんが遠くから見えた。私はドキドキしながらそばに近付いた。
　私のことが分かるだろうか？　と思ったが、おじさんはすぐに気が付くと、大きな目を更に大きくして私を見た。
　２年たっても私を覚えていたことに私は驚いた。
　私は何を言おうかと迷った。
「おじさん、こんなにたくさんリヤカーに載せて重くない？大丈夫？」
　声をかけるとおじさんは、ニコニコしながら、
「重くないよ全然」と答えた。
　私は怒っていないことにほっとし、次の言葉をかけた。
「おじさん、えらいね。一生懸命やってるね」
「おまんま食わんといかんからねー」

おじさんは正直そうな顔で、微笑みながら言った。
それを聞いて私はとても嬉しかった。
その後、信号が青になりおじさんはリヤカーを引いてまた歩いて行った。
私はおじさんの後ろ姿を見ながら思った。

「おじさんは貧しくても怠けず、正直に生きている。それを私はもう少しで間違った方へ引っ張ろうとしていた。物を与えて喜ばせることは本当の親切ではない。その人が、自分の力で生きる喜びを感じながら、生活できるように支援することが親切なのだ。おじさんのきれいな心を私の慢心で汚さなくてよかった」

美しい光景

2016.11.10

　その日は、夏休み中の日曜日ということもあって館内はとても混んでいた。
　娘と見る約束をしていた「ブルーガのトレーニングショー」の前も大勢の人だかりができていた。
　私は背の低い娘のためにずうずうしく割り込んで２列目まで進んでみたが、それでもほとんど見えなかった。
　がっかりしている娘に、私は、
「ごめん。パパ、こんなに混んでいるとは思わなかったんだ」
と謝るしか手がなかった。
　その後、しばらくは見るというより話を聞きながらその場にいたが、状況は一向に変わらないので、思いきって娘に言った。
「また今度見に来ようね」
　すると、前にいた女性が、突然振り向き、「これなら見える？」と娘に話しかけると、下にしゃがみ込んだ。
　目の前の視界が一気に開けて、かわいいブルーガの姿が現れた。

　それから不思議な美しい現象が始まった。
　女性の隣りの男性が座り、その隣りの人が座り、次々と、まるで打ち合わせをしていたかのように１列目の人たちが波を描きながら座り始めた。

そして、何と、２列目の人達の中にも、立ちひざをする人や、後ろにいる子供と入れ替わる人が現れた。

　一人の女性の善意に誘発された多くの善意を目の当たりにして、私は心から感動した。
　その光景は休日の外出という疲れを吹き飛ばし、厳しい社会を生きていく活力になった。

君は人気者

2016.11.22

　僕は彼女に優しく言った。
「本当に君はきれいだね。隣にいる僕は君と一緒にいると、とても幸せな気持ちになる。
　でも、本当は少し前まで、君に嫉妬していたんだ。
　君は人気者。それに比べて僕は地味で、いてもいなくても分からないような存在だから。
　けれど、最近の君を見ているととても心配だ。
　輝いていたあのころと違って、すっかり元気をなくしている。
　このままでは病気になってしまうよ。
　君はあきらめているみたいだけど、僕は信じている。
　きっと、またあのころに戻れると。
　さあ、元気を出して！
　木の寿命は長いから、また以前のように人気者になれるよ！」

　福島の原発事故が起きてから、既に5年がたった。
　立入り禁止が続く地域に生きている彼女は、今年も美しい桜の花を咲かせている。

クリスマスプレゼント

2016. 12. 3

「ドンドンドン！」
　戸をたたく音に私は目を覚ました。時計を見ると針は10時を指している。
「ああ、疲れて寝てしまったんだな。それにしてもこんな時間にやって来たのは誰だろう？」
　私は店の窓ガラス越しに外を見た。いつのまにか雪が降っていた。
　そして、そこには、サンタクロースの身なりをした男が、何やらしゃべりながら自分の頭を指さしていた。
「ハハーン。サンタの帽子を売ってくれと言っているんだな。
　しかし、この商店街では見かけない男だな？　それに外国人だ。
　そうか、きっと安く雇ったアルバイトかもしれない。仕事に必要な帽子を落として困っているに違いない」
　私は、彼の身振りでそう推察した。
　しかし、私の店は手作りの高級帽子専門店だから、その手の安い帽子は売っていない。
　私は仕方なく、手で×を作って返事をした。
　だが彼はそれでも立ち去らず、続けてまた自分の頭を指さし始めた。
　雪はさっきより、激しくなり、立っている彼の体を容赦なく濡らし始めた。

「どうしようか」少し気の毒に思った時、私は、自分の間抜けさに気が付いた。
「そうだ。ここにあるじゃないか!」
　私は1週間程前からサンタクロースの身なりをして店に立っていた。
　さびれる一方の商店街に客を呼び込むための作戦のひとつである。今年は通りの飾り付けをイルミネーションを使って豪華にし、アルバイトを雇って少し離れた駅前でのちらし配りも行った。
　今日はクリスマスイブだから、明日までバーゲンセールを行うことになっている。戸口の彼は明日まで仕事があるはずだ。
　私はすぐ身近に帽子があったのに気が付かなかったことから、彼に申し訳なく思いながら、急いでドアを開けた。
　そして、帽子を差し出して、彼に言った。
「ノー・マネー。クリスマスプレゼント!」
　彼はそれを受け取ると満面の笑みを浮かべ、深く頭を下げた。
　そして、素早く振り返ると、走り出した。
　私は、ぼんやりと彼の姿を見ていたが、彼が立ち止まった場所を見て、目が点になった。
　そこにはトナカイがつながれた立派なそりがあった。
　彼はそれに乗ると、力強くむちを振り上げた。
　トナカイの鳴き声と同時にそりは高く浮かび上がった。

「本物のサンタクロース???」

夢のような出来事を体験した私は、胸の鼓動が速まり頭の中がまっ白になるのを感じた。
　どのくらいの時間がたったのだろう。
　しばらくして我に返った私は思った。
「本物のサンタクロースに会えたなんて、何て幸せ者だろう。私にとって、これはきっと人生で最高のクリスマスプレゼントに違いない。
　それにしても、本物のサンタクロースにプレゼントをあげたのは、世界中で私だけかもしれないな……」
　私はふたつ目の幸せにニヤリとした。

朝寝坊

2016.12.7

「お母さんなんか嫌いだ!」
　僕は心の中でつぶやいた。
　家に帰って来た途端に僕はしかられた。
「どうして今日は寝坊したの？　せっかく作った朝御飯をほとんど食べられなかったでしょ。今日は夜ふかしせずに早く寝なきゃダメよ！　体に悪いわよ！」
　僕は「は〜い！」と生返事をすると、すぐ２階へ駆け上がった。
「学校には間に合ったんだからいいじゃないか。朝御飯だって、いつものメニューで変わりばえしないんだし……」

　家にいると、また何か言われそうな気がした僕は、そっと家を抜け出すと近くの公園まで歩いた。
　公園には、一人、最近転校して来たＡ男がボールを蹴って遊んでいた。
　僕は気が付かないふりをして通り過ぎると、下を向いてベンチに座った。
　ところが、Ａ男は僕を見付けて、にこにこしながら近付いて来た。
「珍しいね。僕、毎日学校から帰ると公園へ来るんだ。今日まで一度も、Ｂ君に会ったことないよね。今日はついてるな。
　でも、Ｂ君、何だか元気がないね。どうしたの？」

僕は、親しくもないＡ男に説明するのは少しためらわれたが、彼の優しい言葉につられて、うっかり母への不満を話してしまった。

　僕は同情してもらいたかった。ところが、話を聞いたＡ男は、意外な言葉を口にした。
「うらやましいなー」
　びっくりした顔をしている僕に向かってＡ男は続けて言った。
「だって、お母さんはＢ君の体をすごく心配しているんだもの。
　僕なんて、何をしたって、注意されないよ。
　だって、僕のお母さんは、３年前に死んじゃったんだ。朝御飯は今、僕が自分で作ってるんだ」

　僕はＡ男の寂しそうな顔を見て、彼に話したことを後悔した。
　そして、家に帰ったらすぐに母に謝ろうと決めた。

取り調べ

2016. 12. 15

　僕は今、取り調べを受けている。

「昨日はこの時間、どこにいましたか？」
　彼女はやさしく尋ねた。
　僕は何も答えない。
「アリバイを言わないと、不利ですよ」
　やはり、僕は何も答えない。
　すると、彼女は、
「あなたを見たと言う人がいるんですよ！」
　と、少し声を荒げて言った。
　そして、ニヤッと笑うと、
「だんまりですか？　証拠はもうあるんですから正直に話した方がいいですよ」
　と言って、何も載っていない皿を僕の目の前に置いた。

　僕は最近テレビで大人気の女刑事役を演じて楽しんでいる女主人に向かって、「ニャーン！」とひと声泣くと、その場から逃げ去った。

晴天・万歳！

2016.12.16

「あら！　来年のお正月はずっといい天気みたいよ。あなた」
　妻の嬉しそうな声が聞こえてきた。
　我が家は1月1日は午後から初詣、2日はお年始回りをするのが恒例だ。
　今年は大みそかから雪が降り始め、お正月は出掛けるのに難儀したのが思い出された。

　妻に言われて、テレビを見ると、確かに、年末から1週間余りにわたってずっと晴れマークが続いている。
　私は、「よかったな」と優しい声で妻に言った。
　そして、内心ほくそ笑んだ。

「よかった。これなら年末年始は、大勢の人が外出するぞ。証拠になる足跡も残らない」
　もちろん妻は、私が空き巣を本業としていることを知らない。

君に会えてよかった

2016.12.17

　朝の光が差してきた。
　時刻は午前7時を少し回ったところだ。
　玄関のドアが開いて、奥さんのS子さんが出て来た。
「よかった。もうすっかりやんでいるわ」
　にっこりしながら、足を慎重に前に運んで朝刊をポストから取ると、体を縮こませて、また家の中に戻って行った。

　1時間程経つと、今度は御主人のM氏が出て来た。
　彼は、ガレージのシャッターを開けると、「おーい！　行くぞ！」と奥さんを呼んだ。
　S子さんは、「気を付けてね」と心配そうな顔をしてM氏を見送った。

　続けて一人息子のY君が出て来た。
　Y君は元気な小学1年生の男の子だ。
　彼は出て来ると、僕に向かって「おはよう！」と声をかけた。
　それから、空を見上げ、少し曇った顔をして言った。
「お母さん、今日はもう、雪は降らないのかなー」
　S子さんは、一瞬困った顔をしたが、
「晴れてきたから、無理じゃないかなー。それより、転ばないように、足元に気を付けてね」

と優しい声で答えた。
　Y君はそれが聞こえなかったかのように、僕に向かって言った。
「行って来るね。帰ったらまた遊ぼうね」
　そして、少しだけ地面に残っている雪の上を楽しそうに走って行った。
　その姿を見つめながら、雪ダルマの僕は、
「ありがとうY君、僕を作ってくれて。１日だけだったけど、Y君に会えて嬉しかったよ。さようなら」
　と心の中で別れを告げた。

息子

2016.12.20

「お帰り。ずっと待っていたのよ。寒いから早く入って」
　私は見知らぬ老女に歓迎されたことに戸惑いながらも、しきりに促されて中に入った。

「お腹が空いているでしょ。さあ食べて、あなたの好物を作ったから」
　見ると、食卓の上には、手の込んだごちそうが湯気を立てて並べられていた。

　私のお腹が鳴り、二人で笑いながら食事を始めた。
「どう？　仕事の方は？　上手くいっているの？」
　この質問には、内心どきっとしたが、話を合わせるために「うん、大変だけど大丈夫だよ」と答える。
　食事が終わると、お風呂に入り、テレビを一緒に見てから、寝床に入った。シーツはきれいに洗濯されていて気持ちがよかった。

　次の日の朝早く、私は仏壇に置かれた私と同じくらいの年齢の男性の写真に手を合わせてから手紙を書いた。
「ありがとう。今日も一日一緒にいたかったけど仕事があるので出掛けます。これからもっと寒くなるから風邪をひかないように気を付けてね。

それから、泥棒に入られると危ないから、無闇にドアを開けてはダメだよ」
　私は手紙を食卓の上に置くと、次の侵入先を探しに家を出た。

遅刻

2016. 12. 26

「あれ？　一人足りないなー」
　私はもう一度数え直した。私たちのメンバーは７人、６人しかいない。やはり一人足りない。
「誰かなー？」
　寿老人、布袋、大黒天、弁天、福禄寿、そして毘沙門天の私。
「？？　そうかいないのは恵比須だ！　それにしても彼はいつも早く来るのにどうしたんだろう？」
　私は少し心配になった。出発時刻も迫っている。
　もし、遅れたら、日本中の待っている人たちをがっかりさせてしまう。

「仕方ない。今年は６人でごまかそう」
　そう思った時、息をはずませながら恵比須が現れた。

「ごめん、ごめん。待たせてしまって。ここに来る途中、抱えてきた鯛を落としてしまったんだ。それで、慌てて近くで釣りをしていたんだ。なかなか釣れなくて……。申し訳ない」

　私たちはすぐに宝船に乗り込んで出発した。今日の夜中に到着できるように。
　ひょっとして、「えびで鯛を釣る」のことわざは「恵比須、鯛を釣る」からできたのかな──（これは冗談です）。

ある投稿

2016.12.30

　今年の流行語大賞で「保育園落ちた日本死ね！」がトップ10入りした。
　私は初めてこの言葉を耳にした時、随分乱暴な言い方だなと思った。
　しかし、この意見に賛同する人たちが増えて、国会前で政策に対する抗議行動まで起きた時には、私も賛同者の一人になっていた。小さい子供がいるお母さんの苦労が次第に分かってきたからだ。

　そして、ついに今日の新聞に、国や自治体が、保育士の給料アップや保育園の新設に予算を当てるという記事が載った。

「今の若いお母さんはパワーがあるなあ。私のような昔の女性には考えられないわ」
　私は感心しながら、読んでいた新聞をテーブルの上に置いた。
　その時、あるひとつの考えがひらめいた。
「そうだ！　老人の私でもできることがある！」
　私は急いで立ち上がると、不得手なパソコンの前に座った。
　そして、自分と夫のために、「特養落ちた日本死ね！」と投稿した。

今日も元気

2017. 1. 14

　今日は元日である。
　M家では、朝、家族全員でお雑煮とおせちをいただき、その後、嫁の正子は洗い物を始めた。
　夫の私は、そばに行くと小さな声で話しかけた。
「親父のやつ、だいぶもうろくしたなあ。今日もお正月だってこと、俺が言うまで気が付かなかったんだぞ」
「そうなのよ。お父さん、最近物忘れがひどくて。友達が亡くなる度に元気が無くなって。これから先が心配だわ。私一人であなたが帰ってくるまで面倒をみれるかしら」
　1年の始まりの日だというのに、私たちは先行きの暗さに呆然とした。
　そんな二人の心配をよそに、リビングルームでは息子の一郎と二郎がスマホのゲームに熱中し、父も時々のぞいては笑っている。
　普段触れ合うことがほとんどなくなった孫が、そばにいてくれるだけで嬉しいらしい。
　しばらくして、外でオートバイが止まる音がした。
　すると、これまでは年賀状を進んで取りに行くことのなかった一郎がすばやく立ち上がると、玄関へ向かった。
　少したって、部屋に入ってきた一郎は、一番に、父に年賀状を差し出した。
「はい。おじいちゃん。たくさん友達から来ているよ」

父はそれを嬉しそうに受け取ると、2階の自分の部屋に上がっていった。

「もう、友達はほとんどいないはずなのに……」
　不思議そうに見ていた私に、一郎が言った。
「二郎と二人で昨日書いたんだ。年賀状にはスタンプが押されないからさっき来たのと混ぜたんだよ。おじいちゃん、認知症ぎみだから、字が違っていてもきっと気が付かないと思う。おじいちゃんには小さい頃からかわいがってもらったから、ずっと、元気でいて欲しいんだ」

　私の心の雲は跡形もなく消え去り、M家の1年のスタートが元気よく切られた。

仲良く分けるには?

2017.1.23

　一郎は、さっきから、とても悩んでいた。
　悩む原因は、彼の食べ物の好き嫌いにある。
　彼は、カレーなど辛い物は大好きだが、チョコレートのような甘い物は苦手である。
　だから、彼の誕生日でもケーキは出ない。
　妹のさくらは反対に甘い物大好き人間である。母親もそうだから、クリスマスの時は彼の分まで「悪いわね」なんて言いながら、嬉しそうに食べている。
　一郎も、そんな二人を見るのが嬉しい。母親にはいっぱい世話をかけているし、妹は普段よくこき使っているから、罪滅ぼしのつもりだ。
　よし、やっぱりこうしよう。
　彼は鉛筆を持つとノートにこう書いた。

　さくらに３個、お母さんにも３個。僕は無しでいいです。

　今日の算数の宿題は、「おみやげにケーキを６個いただきました。３人で仲良く分けるにはどうしたらよいでしょう」だった。

私を助けてくれるのは誰？

2017. 3. 1

　その日私は会社に行こうか休もうか迷っていた。
　私は最近、毎日のように上司からしかられている。
　働き出して１年になるが、仕事上のミスが多いからだ。
　新任２、３ヶ月の間は、ミスをしても叱責されることはなく、同僚も同情したり、励ましたりしてくれた。
　しかし、いつまでも同じミスを犯し、その割に努力もそれ程していない私に対して、当然ながら、周りの人々の態度は徐々に変わってきた。
　もともと、依頼心が強く甘えっ子の自分が悪いことは分かってはいるのだが、つい、弁解してしまう。
「みんな冷たいな……。誰か助けてくれないかな……」

　しかし、両親の手前、休むわけにもいかない。仕方なく私は渋々起き上がると、朝の光を取り入れるためカーテンを開けた。
　すると、ベランダの隅に置かれた汚れた植木鉢が目に入った。
　それは、１年前の入社式の日に、会社の上司からもらった「カランコエ」という花の鉢である。
　花は３ヶ月程咲いていたが、その後は枯れてしまったため放置してあったのだが、その鉢のまん中に小さな芽が出ているのが見えた。

その日、私は、
「カランコエは誰にも世話されなくても頑張って自分の力で生きている。私はまだ自分に甘いに違いない。もっと努力をしよう！」
　と、心に言い聞かせて、会社へ向かった。

来年もよろしくお願いします

2017.3.4

「今日でお別れね、さみしくなるわ」
「そうだね。次に一緒にいられるのは、1年先だね。それまで待ち遠しいな。」
「1年たったらまた年を取ってしまうわ。あなたと結ばれてもう30年。私、随分老けてしまったでしょう」
「そんなことないよ。君は昔のまま今も美しいよ。それより、僕の方はどうだい？」
「あなたも変わらないわ。とてもハンサムよ」

　私は10年ぶりに、しまってあった「ひな人形」を今年は飾った。
　購入したのは娘が生まれた時。時は流れ、その娘も結婚して、今年待望の孫が誕生した。
　私は嬉しくて、娘一家を「ひな祭りパーティー」に招待した。

「さあ、また来年会いましょうね。ありがとう」
　私は「ひな人形」にお礼を述べ、箱の中に大切に納めた。

我が家は大丈夫

2017. 2. 26

「じゃあ、出かけるから戸締まりは頼むよ。もし、誰か知らない人が来たら、ドアを開けずに、インターホンで応答するんだよ。出ないと不在だと思われて、侵入されることがあるから返事はしないといけないけど、中には絶対に入れてはいけないよ」

私は、いつもの決まり文句を聞きながら、内心、うるさいなと思いつつも、笑顔で「分かったわ」と返事をして主人を見送った。

主人はセキュリティーの仕事に就いているので、防犯の知識はプロである。それゆえ我が家は防犯ガラス、防犯ブザー、面格子、電動シャッター、防犯カメラでしっかり守られている。

外部から侵入されることはまずない。

でも私が少しうっかり者で不用心なところがあるため、主人は心配らしい。

私は妻に注意をして家を出ると、以前から予定していた場所へ車を走らせた。そして、目的地に着くと、車内でセキュリティー会社の服に着替え、一軒一軒確認しながら歩いた。そして、もう薄暗いというのに窓が開いている大きな屋敷を見つけると、インターホンを2回鳴らした。

返事はなかった。
私は開いていた窓から、素早く中に侵入した。

いったい、どうなっているんだ⁉

2017.3.5

「開けてくれ！」
　私は玄関のドアを力一杯たたきながら叫んだ。

　今日、私は長時間残業を終え会社を出た。そして最終電車に乗るために駅まで急いだ。
　ところが、私が電車に乗り込もうとした時、突然、駅員に止められた。
「あなたは入れません」
　駅員ばかりか駅長さえも同じ言葉を繰り返した。
　私は不満だったが、いつまでもらちがあかないので、電車をあきらめてタクシー乗り場へ向かった。

　ところが、ここでもタクシーに次々に乗車拒否をされた。
　この状況に私はかなり腹が立ったが、もう他人と争うだけの気力が無くなっていたし、時刻もかなり遅くなっていたので、私は歩いて帰ることに決めた。とにかく、1分でも早く帰って休みたかった。私はかなり疲れていた。

　そして、約1時間かかってやっと家にたどり着いた。
　しかし、ここで私は信じられない貼り紙を見た。
「パパは入れません」
　悪魔のような言葉が書かれた紙が玄関のドアに貼られてい

たのだ。
「いったいどうなっているんだ!?」
　私は込み上げてくる怒りとたまった疲労で目まいを感じながら、開かないドアをたたき続けた。
「開けてくれ！」
　体が次第にふらふらとし、気が遠くなっていくのが分かった。

　最後の力をふりしぼって「助けてくれー」と叫んだ時、私は目が覚めた。
「よかった……夢だったんだ」
　私の体は汗でびっしょりになっていた。

「どうしてこんな夢を見たのだろう？」
　どう考えても答えは見つからなかった。
　私はひとまず、汗で濡れたパジャマを着替えることにした。

　その時、私は悪夢の原因が分かった。
　私のパジャマの柄は、「トランプ模様」だった。

違います
                                2017.3.6

「ネコ好きな人と犬好きな人では性格が違う。ネコ好きな人は自由を好み、犬好きな人は支配者タイプである」
　私は雑誌に掲載されたこの記事を見て納得した。
「確かに、私は自由が好きだし、夫は支配的だわ」

　その時、たまたま近くを通りかかった夫が声をかけてきた。
「何をそんなに熱心に見ているんだい？」
　そして、記事の見出しだけを読むと、言った。

「『あなたはネコ型？　犬型？』なあんだ。こんなの簡単だよ。君はネコ型で僕は犬型さ。
　だって、君は魚好きで猫舌だけど、僕は肉好きで君に仕える忠犬ハチ公だからな」

あなたは休日が好きですか？

2017. 3. 10

　あなたは休日が好きですか？
　街でデートしているカップルに聞いてみた。
「大好き。だって彼に会えるんだもの」
　幸せそうな顔で女性は言った。

　あなたは休日が好きですか？
　二人連れのサラリーマンに聞いてみた。
「もちろん。朝寝坊して、のんびり休息するんだ」
　若い方の男性が言った。
「のんびりしたいけど、家族サービスもしないといけないからね」
　中年の男性は答えた。

　あなたは休日が好きですか？
　児童養護施設の子供たちに聞いてみた。
「好きな休日と嫌いな休日があるよ」
　嫌いな休日はいつですか？
「母の日と子供の日」
　男の子は小さな声で言った。

　あなたは休日が好きですか？
　老人ホームのお年寄りに聞いてみた。

「あまり好きじゃないねえ。お盆とお正月は嫌いだよ」
　どうしてですか？
「休日は職員が減るし、お盆と正月は、ホームの仲間も家に帰る人が多くて、人が少ないからだよ」
　老女はさみしそうに答えた。

　もし、あなたに家族がいて、最近連絡をとっていないなら、せめて休日は、電話をしてあげてね。

事故

2017. 3. 14

「危ない！」
　私が叫んだのと同時に「ゴツン」という音がして車は止まった。
　どうやら事故が起きたようだ。
　私はバスを降り、相手の車に運転手がいないのを確かめると、仕事に取り掛かった。

　私は公営の自動運転バスに客として乗り、事故が起きた時に調査し、解決する任務についている。
　2030年ごろから一般車も無人自動運転車が多くなり、トラブルが増えたために生まれた仕事である。
　もちろん、無人車にはカメラやビデオなど多くの機械がついてはいるが、それだけでは不十分だからだ。

　私は調査用紙に「被害者は、ロボット人15名、人間3名」と書き込み、まず人間を病院まで送る手配を行った。
　ちなみに私は事故に遭っても壊れない頑強なボディーを持ち、正確なデータを管理できるロボット人である。

全員集合だよ！

2017. 4. 15

　我が家の子供は男の子ばかりの３人だ。
　最近は少子化が進んで３人子供がいるだけでも珍しいが、３人とも男の子なのは更に珍しく、よく「大変ですね」と言われる。
　確かに小さなけんかやけがは日常茶飯事で、部屋もちらかってはいるが、男の私は一緒にスポーツをする楽しみもあり、妻と違って大変なことは特にない。
　今日はもうすぐやって来る「子供の日」のために、例年通り鯉のぼりを立てた。しかし、今年は大きな鯉のぼりに買い替えたため、少し手間取ってしまった。

「オーイ！　できたぞ」
　私は汗を手でぬぐいながらＣ男を呼んだ。
「どうだ！　一番下にある黄色い鯉がＣ男のだぞ！」
　Ｃ男はすぐに、自分の鯉を確認すると、目をキラキラと輝かせ、満面の笑みを見せた。
「ヤッター！　お父さんありがとう！」
　Ｃ男は今年３歳になる。去年まで、鯉のぼりのポールが短いこともあってＣ男の鯉はついていなかった。
　不満そうなＣ男に、妻は経済的な理由から「がまんしてね」と言い聞かせてきたが、不びんに思った私は、買い替えることにした。

私はC男の喜ぶ姿を見て、妻の反対を押し切って買ったことに満足した。そして自分が子供の時、鯉のぼりを見ながら、三男だった自分の鯉がなくて悲しかったことを思い浮かべた。

ボールペン

2017. 4. 20

　これは私が学生時代に夏休みの間だけ、近くの図書館で臨時のアルバイトをした時の話だ。

「すみません。ボールペンをトイレに落としてしまったんですが」
　私の話を聞いて、閲覧室の清掃をしていた男性は嫌な顔も見せずに仕事を中断すると、私と一緒にトイレへ向かった。
　そして、何と素手のまま手をトイレの水の中に入れて、ボールペンを拾い上げた。
　私は少し言いにくかったが、「あ、それ、使いませんから」と男性に言った。
　男性はそれを聞いても怒った様子も見せず、黙ってゴミ袋の中に入れた。
　そして、私の「ありがとうございました」の言葉に、「いいえ」とにっこりしながら返事をすると、手を洗ってまた閲覧室へ戻って行った。
　私はこの時、「よく素手でトイレの水の中に手を入れられるなあ。汚いと思わないのかしら」と、男性を少なからず軽べつした。
　しかし、なぜか、図書館へ行かなくなっても、この日の出来事は頭から消えなかった。

あの日から、5年が過ぎた。
　社会に出て少し大人になった私は、ようやく自分の考えの間違いに気が付いた。

「何て恥ずかしい見方をしていたのだろう……。軽べつすべき人間は、私だったのだ。
　男性は私のために素手でボールペンを大切に扱ってくれたのだ。
　当時の私は男性の心の美しさが分からなかったばかりか、仕事の種類だけで、人間の価値を判断していたに違いない」

「もう一度、きちんとあの時のお礼を言わなくちゃ。まだ図書館で働いているかなー」
　私は、閉館時刻を気にしながら、仕事帰りに図書館へ向かった。

さようなら……ありがとう……
2017.4.21

　Ａ「君たちとも、もうすぐお別れだね。これから寂しいな」
　Ｂ「私はここで生まれてよかったわ。この家の主人はあまり世話をしない人だったから、かえって長生きできたわ」
　Ｃ「私も運がよかったわ。だって日本に来られたんだもの。別の国に行った仲間の中には、爆弾ですぐ死んでしまったものもいるんだから。３週間でも生きていてよかったわ」
　Ａ「君たちと比べて僕は何て幸せものだろう。半年前からよく世話をしてもらってこんなに大きく育った。
　でも、僕が、今日まで生きて来られたのは、君たちのおかげでもある。水分が不足して死にそうな時、Ｂさんは僕に水分を分けてくれた。
　風が強くて体がふらふらしていた時、Ｃさんは下で足下を支えてくれた」
　Ｂ「そう言ってもらえると嬉しいわ。
　でも大分私も大きくなってしまったから、もうそろそろじゃまものと見られるでしょう」
　Ｃ「私も同じ。でも仕方ないわ。これも運命だから。私たちは、自分で自分の寿命を決めることができないんですもの」
　ＢとＣは少し寂しそうにそう言った。

　次の日、雑草ＢとＣはこの家の主人によって抜かれた。
　Ｂは、もうすぐ花を咲かせるところだった。

Cは、外国生まれの種だったが、輸出用の肥料にまぎれ込んでしまったため、日本で生まれた雑草だった。どちらもAのために尽くして一生を終えた。
　その後、チューリップのAは花が枯れて落ちるまで、主人の家族みんなに愛され、生涯を終えた。

褒賞の災い

2017.4.28

　新聞に春の叙勲の記事が載っている。
　立派な行いをした人たちの記事である。年齢はだいたい60歳以上。私と同じ70代が多い。
　知人がいるかもしれないと思い、時間をかけて読んでいると、妻が寄って来た。
　そして、「あなた、知ってた？　3軒先のAさんの御主人、今年褒賞をいただいたんですって」と言うと、まじまじと私の顔を見た。
　何だか自分と比べられたような気がした私は、負けじと答えた。

「おれもショウを持ってるぞ。凝り性に、出不精だろ。最近は白内障までもらったぞ」
　すると、妻はニヤリと笑って答えた。
「そうね。あなたはショウがない夫だわ」

鑑賞

2017.4.30

　私は思わずつぶやいた。
「何て美しいの……」
　形、色彩、構成、すべてが完ぺきである。
　淡いモスグリーンとイエローホワイトの絶妙なバランス。
　そして一見、不均衡に見える小さなブラックレッドの円形がそこにアクセントを確実に添えていた。
　私はため息をこぼすと、しばらく見惚れていた。

　しかし、この作品の寿命が、たった1日とは……あまりにもムゴイ！
　私の胸に大きな悲しみと怒りが広がった。
　その時、私は夫に腕を引っ張られた。

「おい！　いつまで見ているんだ！」
　ああ、ケーキ屋のウインドー鑑賞はつらい……。

あれ？　どこか似ている

2017.5.1

　私の家の隣家は長男の家だ。
　結婚時に嫁が同居するのを好まず、隣りにわざわざ新築した。それから20年。この間、互いに自由に行き来し、助け合って暮らしてきた。

　ところが、去年ごろから関係が悪化し、今年とうとう嫁から「もう我が家とは必要以上に付き合わない」と言われた。
　理由はこうだ。
①おじいちゃんとおばあちゃんは、親せき以外にも親しい知人が多く、私たち家族も付き合わされたおかげで、出費がかさみ、休日も十分休めなかった。
②昔から孫に干渉し過ぎるので困っていた。
　そして、これからは次のようにしたいのだという。
①緊急時に孫の世話などの手助けを頼むことはあるが、それ以外は、孫も含めてこちらから交流はしない。
②夫へのお小づかいは助かるので、これからも続けて欲しい。
③何か用事ができた時は、急に伺うこともある。

　この言い分を聞いた妻は、驚き、何とか思いとどまらせようと努力したが、それが無理だと分かると、怒りが爆発し、仕返しに打って出た。
　妻の考えはこうである。

――「いいとこどり」は許せない。
①息子への小づかいはもうしない。
　今まであげた金額も返してもらいたい。
②緊急時の手助けはしてもいいが、その場合は料金をいただく。
③我が家に来る時は、必ず前もって電話などで連絡をすること。

　息子の家族の中には嫁の方針に反対する者もいるらしいが、今のところ、実行される可能性が高い。
　せっかく20年間、仲よくしてきたのに。多くの人との交流は息子家族のためにもなると思っていたのに……。
　息子家族との断絶は、我が家の将来にとって、かなりの打撃である。
　私は嫁と妻との話し合いが、これから改善されることを願っている。

　その日の午後、テレビでは、イギリスがEUからの離脱に向けて、交渉を始めたというニュースが流れた。

開けてはいけません

2017．5．3

「ポッポー、ポッポー」
　私は今朝、鳥の鳴き声で目を覚ました。

　我が家に思わぬ事件？　が起きたのは、10年程前の3月の終わりごろである。
　当時大学生だった私は春休みに、新年度に向けて昼から部屋の大掃除をすることにした。
　そして数年来開けなかった東側の小窓を開けた時、事件が起きた。
　窓を開けた途端に、鳥が部屋に舞い込んだのだ。
　初めは何が起きたのか理解できなかった。
　住居は、大都市内であり、近くに森林もない。まさかのまさかである。しかし鳥が入って来た。出てはいない。とにかく出さなければいけない。
　少しずつ落ち着いてきた私は、小動物であるにもかかわらず、おそるおそる鳥が飛んだ方向の天井の辺りを調べた。
　すると……いた！
　天井と壁の境目にじっと止まっていた。
「どうしよう……。勝手に出て行ってくれないかなあ……」
　私はわずかな希望を迷い鳥に託した。
　そこで私は部屋のドアを閉めて、しばらく様子をみることにした。

1時間後、私は部屋へ戻った。

　鳥は同じ場所にまだじっとしていた。期待は裏切られた。そして、自分で出て行ってくれないなら、出るように仕向けるしかないことを悟った。鳥との格闘？　の始まりであった。

　しばらく方法を考えた結果、私は、棒で刺激して追い出すことに決めた。私は、家の中にある一番長い植物用の支柱を使うことにした。そして、勇気を出して？　その支柱を鳥の目の前で大きく振ってみた。

　鳥はすぐに反応した。驚いたかのように（怒ったのかもしれない）羽をバタバタと大きく動かし、飛んだかと思うと反対側の窓の上に止まった。

「なぜ、窓から出ていってくれないの？　窓は開いているのに……。逃げて、お願い……」

　しかし、私の祈りもむなしく、すべてが徒労に終わった。

　私はすっかり疲れて、もう一度鳥の自主性に望みを託し、部屋を出た。

　1時間後、私は再び部屋に入った。すると……!?

　鳥はさっき止まっていた場所から姿を消していた。

「!!……？？……見間違いかもしれない」

　私は嬉しさと怖さの両方を感じながら、はやる気持ちを押さえ、もう一度さっきより丁寧に隅々まで偵察した。

　鳥はいなかった。

「よかった……」

　急激に緊張感が体から抜けていくのが分かった。

外を見ると、もう薄暗くなっていた。

　実はあの後すぐに、鳥がなかなか部屋から出ていかなかった理由が判明した。
　鳥が去ったので小窓を閉めようとした時、私は小窓と雨戸のすき間に小さな卵がひとつあるのを見つけた。それは、枯れ枝や枯れ葉などでできた巣のような物の上に載っていた。
　恐らく、冬の寒い時期に雨戸のすき間から中に入った親鳥が、巣を作り、最近卵を産んだのだろう。
　そういえば、少し前に、小窓の方からバサバサという羽音や鳥の鳴き声を聞いたような気がした。
「そうだったのか。悪いことをしてしまった」
　私はすぐに片付けることができず、そのままにしておいた。しかし親鳥は二度と現れなかった。
　私は卵を庭の隅に埋めた。

　翌年は再びの飛来を期待して、小窓の物音にも気を付けたが、やはり、現れなかった。
　鳥もこの場所を産卵の場所にするのをあきらめたに違いなかった。

　そして、5年が過ぎた。今年の初春、再び鳥の羽音と鳴き声が聞こえた。
　私はヒナが飛び立つまで決して小窓は開けないつもりだ。
　今年だけでなく、これからもずっと。

遅すぎた！

2017.5.5

　今日は西暦2040年の5月5日。「子供の日」だ。
　しかし、日本の風習でもある「鯉のぼり」が掲げられている家は少ない。
　加えて、休日だというのに、外で遊ぶ子供の姿が見られないばかりか、どの家からも子供の声はほとんど聞こえてこない。街は静まり返っている。
　これは、0歳〜15歳の子供の数が2017年時の1/3になり、日本全人口数の5％になってしまった結果といえる。
　この数字と10年後には子供が0人になってしまうという予想がニュースで報道されると、静かで落ち着いた生活を好んでいた人たちも真剣にこの問題を考えるようになり、「若者の結婚推進政策」が全国民の緊急課題となった。

　そして10年の月日が流れ、2050年の「子供の日」を迎えた。
　街は昭和の時代に逆戻りしたかのように、街中に子供の姿や声があふれていた。

　え？　どうやって少子化を食い止めたのかって？
　対策は次のように行われた。
　もう後には一歩も引けない状態に追い込まれた日本国民は、現在結婚可能な年齢の若者を対象にした打開策を何ヶ月にもわたって検討した。

政府は防衛費を含む年予算の50％を対策費に当て、若者が結婚しやすい環境作りを提案し、実践した。
　企業や家族など全国民も、政府の提案に異議を唱えることなく、協力した。
　これが３年間行われた。
　しかし……。
　若者は結婚したがらなかった。
　結婚しても出産前に離婚することが多かった。
　理由はこうである。

　もはや、結婚は若者にとってまったく魅力がなくなってしまっていた。
　2017年ごろから将来の労働力不足に備えてIT化やAI活用が急速に進められた結果、今や、妻や夫の役割は、これらの機能がすべて果たすようになっていた。
　妻や夫がいなくても、生活が困ることはない。
　炊事、洗濯、力仕事、介護、車の運転など生活全般に活用化され、そのおかげで、一人でも快適に生活できるようになった。
　また、会話をする人形ロボットの需要も高く、企業や家庭で多く使われた。
　昔の人形ロボットとは違い、見た目も人間と少しも変わらず、希望により、好みの容姿を注文することも可能であった。
　人形ロボットの購入は若者にも増えていた。
　気をつかうこともなく、自分のペースに合わせて働いてくれることが人気の理由であった。

このようなIT・AI化が進んだため、女性は次第に家事の仕方を忘れるようになり、また、出産という危険や育児と労働という板ばさみの苦労から逃れることを好むようになった。
　男性も、無理をして家族のために長時間働いたり、家族サービスをしたりしなくても済むのを喜んだ。
　このような若者の生活様式や結婚への考え方の変化により、結局、3年間で結婚が成立したカップルは、若者人口の1％にも満たなかった。

　では、なぜ子供の姿や声が街に戻ったのか？
　答えは簡単である。
　政府と国民は、人間の子供でなく、ロボットの子供を選択したのだ。
　この対策が、近い将来どんな結果をもたらすかを知ってはいたが、もはや、なす術がなかったのだ。

　それから10年。
　2060年の5月5日。街の様子は2050年と見た目は変わっていない。
　ただ、もうこの国には、人間はどこにも存在しなかった。

危険な生物は〇〇〇〇

2017.5.6

　フリーのレポーターである私は先日、「命に関わる危険な生物というと何を思い浮かべますか？」というアンケートを行った。

　農村地帯に住む人は深刻な顔をして答えた。
「今だとクマかな。近ごろ、町の方までよく下りて来るし」
　次に田んぼで働いている人に尋ねた。
「今はマムシ。かまれると命に関わるからね」

　今度は街に出て聞いてみた。
　公園を散歩している人は言った。
「ハチかな？　特にスズメバチ」
　信号待ちをしていた人は答えた。
「これからだと、やっぱり蚊だね。日本脳炎とか怖い病気を持っているからね」

　それぞれ納得できる答えだった。
　私は調査を終わり、車でラジオのニュースを聞きながら帰路を急いだ。しかし、世界で起きたテロや国内の殺傷事件を耳にした時、私は気が付いた。

「今日のアンケートに出て来た危険な生物は、人間にとって

危険な生物であるということで、人間以外の生物には安全な生物なのかもしれない。また、人間が生活する場所にいなければ、危険ではない。マムシもクマも加害者にはならない。

　逆に、人間は多くの生物を捕らえて食用にしている。食べられる生物にとって、人間は危険な加害者である」と。

　結局、この世で一番危険な生物はニンゲンなのかもしれない。

鯖
　　　　　　　　　　　　　　2017.５.８

　テレビの芸能ニュース番組で、女性タレントが年齢を５歳若く偽っていた事実が取り上げられていた。
　私は女性に同情した。
　私にも似たような経験がある。あれは、教職に就いて10年目のことだ。

　今年の受け持ちは４年生。ある日、Ａ男がそばに来て、聞いた。「先生って何歳？」私はちゅうちょした。
　小学生の子供たちから見ると20歳以上はみんな年寄りである。私は本当の年齢は32歳だったが、それは言いづらい。そこで、よく分からないように、
「あなたのお母さんより10歳ぐらい若いかな」と言った。
　Ａ男は次男で、中学生の兄がいる。母親は30代後半に見えた。

　すると、Ａ男はびっくりした顔をして叫んだ。
「先生ってお兄ちゃんと同じ年なんだ。まだ中学生なんだね」
　どうやらＡ男の母親は鯖を読んで25歳と伝えていたらしい。
　その後、Ａ男の口から私が中学生らしいという話が校内に広まった。

　あれから私は鯖を読むのをやめた。

母の日

2017.5.14

　今日は「母の日」だ。
　１年前まで、この日は私の好きな日だった。
　しかし、今年の「母の日」は、私の一番嫌いな日に変わった。
　私は独身である。子供はいない。夫も今はいない。
　長い間、母と二人で暮らしていた。
　その母が去年亡くなり、私には「母の日」が無くなった。
「お母さん」と呼んでくれる人も、呼ぶ人も今はいない。

　私は今日が来るのを少し前から怖れていた。
　テレビや新聞で「母の日」に関するニュースを見るのがつらかった。
　見るたびに亡くなった母を思い出し、悲しくなった。人出がピークになる昨日は買い物も控えた。
　今日も、夜になってから夕食のおかずを買いに行く予定だ。

　暗くなってから、私はいつものスーパーへ出かけた。
　何を買おうかと迷っていた時、母が好きだった「お寿し」と「おはぎ」が目に止まった。どちらも「母の日」を表すカーネーションのシールが貼ってある。
　私はすぐに手に取ってレジへ向かった。その時、「ありがとう」と言う母の声が聞こえたような気がした。

家に帰った私は仏壇の前で手を合わせると、母に呼びかけた。
「お母さんは、ずっと私のそばで生きているね。今年はお祝いが遅くなってゴメンナサイ。来年はカーネーションを持って『墓参り』にも行くね」
　心は晴れ晴れとしていた。

養殖人？

2017. 5. 14

「あなた、ユズとレモンとどっちが好き？」
　妻が突然言った。
　私はどちらも好まないが、答えを催促されユズを選んだ。
　その日からユズを使った献立が食卓に並ぶようになった。

　初めは確かに美味だった。その風味に箸も進んだ。
　しかし、10日も続くと、さすがに飽きてきた。
「どうして、こんなにユズを使うんだい？」
　すると妻は目を輝かせながら、即答した。
「だって体にとてもいいのよ。抗酸化物質が多く含まれているから劣化を抑えるし、脂質の酸化も遅らせるのよ。そのうえ体の色が良くなり、体臭もなくなるみたい。あなたにぴったりよ。効果も出てきたんじゃない！」
　そして立ち上がると、10日前の新聞を持って来て、ある特集記事を指し示した。

　——「養殖魚ならではの香りと味」（中日新聞）2017.5.14
『今、多くなった「フルーツ魚」は、鮮度を保つためにエサにユズの果汁を混ぜたことから始まりました。そして実際に行った結果、身の色を鮮やかにし、脂質の酸化を遅らせることができました。また、身から果汁の香りがすることも分かりました。今では各地でいろいろな柑橘類を使ったフルーツ

魚が生産されています。みなさんも、自分の好みの魚をみつけてみてはどうですか?』

「オレは魚じゃないぞ!」

よかった……

2017. 5. 15

　夫がため息をついていたので私は声をかけた。
「どうしたの？」
　すると夫は、憂うつそうに答えた。
「アニサキス食中毒のおかげで、おれの大好きな新鮮な刺身が食べられなくなりそうだ。これからは、煮魚でがまんするしかないかな……」
　私は夫が見ていた新聞の記事をのぞいた。
　ナルホド。確かに魚による食中毒が近年増えているらしい。
　実は私はこの食中毒を以前から知っていた。
　夫は刺身が大好物だからショックなのだろう。
　私は夫をなぐさめることにした。
「あなた、養殖や冷凍ものの魚なら、刺身も大丈夫よ。味は落ちるけど、がまんしてね」
　夫は、「それでも食べられるならがまんするよ。じゃあ、頼むな」と、少し明るくなった顔で答えた。

　私は夫のそばを離れると、ほっとしながらほくそ笑んだ。
「よかった……。これでもうウソをつかなくてよくなったわ」

　夫は知らなかった。
　私が今日まで、安い養殖や冷凍ものの刺身を新鮮な高級品と言って出していたことを。

父の日を知っていますか?

2017. 5. 16

　私は大学生だが、今日は「1日アルバイト」で、「父の日」のアンケートを取りに外へ出掛けた。
　質問は全部で3つだ。
　最初に公園で遊んでいる子供に聞いてみた。
①「父の日を知っていますか?」──「知らない」
②「父の日に贈る花は何ですか?」──「分からない」
③「父の日に何かする予定はありますか?」──「ない」

　次に学校帰りの女子中学生に聞いてみた。
　彼女たちは快く答えてくれたが、結果は子供たちと同じだった。

　私は少し焦りを感じた。そして、今度こそはという思いで、散歩中の親子連れに尋ねた。
　①と②の答えは同じだった。私は内心がっかりしながら③の質問をした。すると幼児が母親を見ながら元気よく答えた。
「お母さん!　母の日みたいに、みんなでレストランへ行こうよ!」
　しかし、母親はそれを聞くと、慌てて子供の手を取り立ち去ってしまった。

その後もアンケートを続けたが、同じような答えだった。
　男である私はこの結果に憤慨し、世の父親たちに同情した。
　しかし、よく考えてみると、昨日まで、私もアンケートに答えてくれた人々と同類だった。

　答えを知りたいあなたへ……答え①６月の第３日曜（2017年は６月18日）　②バラ

奥さんサービス

2017.5.25

「課長、奥さんサービスしてます？」
　部下に尋ねられ、私は黙って首を横に振った。
「いいなあ。僕のところなんて、週に3日の食事当番と、休日の洗濯と風呂洗いの仕事があるんですよ」
　彼は羨ましそうに言った。

　最近の若者は共働きが多い。家事を分担するのは当然ともいえる。
　我が家は早く子供に恵まれたため、妻は働くこともできず専業主婦として3人の子供を育てている。その妻のおかげで私は仕事に集中でき、今年異例の早さで課長に昇進した。

　私は郊外の駅に降りると、暗い夜道を家まで急いだ。
　時刻はもう午後11時を回っている。
　実は私は部下には秘密にした奥さんサービスを、課長になってからほぼ毎日行っている。今日もおそらくすることになるだろう……。
「ただいま」返事がないことを確認した私は、今年1年生になった一番末の子供部屋をのぞいた。子供の寝顔はかわいい。明日への元気の源になる。そして隣にいる「読み聞かせ」をしていた妻の寝顔を見た。さぁ、サービスを実行しよう。私は妻を抱くと夫婦の寝室へ運んだ。

4

2017．5．26

　ぼくの住むアパートは4階がない。
　というか、4階が5階の部屋番号になっている。
　ボクの家の部屋番号は501号室。でも5階ではなく4階にある。
　ずっと不思議に思っていたけれど、去年、担任のA先生が「4は死（し）を連想させるから、使わないんだよ」と教えてくれた。
　でも気にしない人もいるという。
　ちなみに先生は気にする方らしい。

　そこで、ぼくは春休みに、先生当てに手紙を出した。
「先生、4は縁起の悪い数です。だから、4月を1ヶ月お休みしてもらえるように、校長先生に頼んでください」

　2日後、校長先生から返事が届いた。
　ぼくはドキドキ、ワクワクしながら封を切った。
　そして読んだ後、しまったと思った。
　手紙にはこう書かれていた。
「担任の先生から君の手紙を見せてもらいましたよ。A先生は困った顔をしていたけれど、私は君のユーモアがすぐ分かったよ。だって書いた日付けが4月1日だったからね」

父の日

2017.6.18

　今日は「父の日」。
「母の日」ほどではないが、最近、「父の日」を祝う家庭が増えてきた。
　私はここ15年間ほど「父の日」に何もしないでいた。
　しかし、今年はお祝いすることを決めた。

　まず、メッセージカードに感謝の言葉を書いた。
　次に、スーパーへ父の好物を買いに出掛けた。
「確か、好物は焼鳥と故郷の昆布蒲鉾だった……」
　古い記憶をたどりながら店内を探し回ったが、お目当ての蒲鉾は見つからなかった。足を延ばしてあと2軒行ってはみたが、同じだった。
「もっと早く買っておけばよかった……」

　家に戻ると、私はすぐに父の部屋に入った。
　そこに、人の気配はなかった。
「お父さん、ゴメンナサイ。永い間、お祝いしなくて。それに好物の蒲鉾もなくて許してね。来年はきっと用意しておきます」
　私は、写真に向かってそう言うと、お酒と、焼き鳥、そしてメッセージカードを仏壇に供えて、手を合わせた。

ウソをつく男

2017. 6. 25

　私の住む町に、子供や年寄りにとても人気のある男がいる。
　しかし、彼はよくウソをついた。
　だから、普通の大人は彼のことを快く思わなかったし、さげすんでもいた。
　家族に子供や年寄りがいる者は、なるべく彼に近付かないように注意した。
　それでも、彼の人気は衰えなかった。

　ある日、私は母がその男と時々会っているという噂を耳にした。
　そこで、今日、私は母のあとをこっそりつけることにした。

　母は公園に着くと、ベンチに座った。公園は無人で、母は寂しそうに見えた。
　少したつと、あの男が公園にやって来た。彼はニコニコしながら言った。
「こんにちは。Kさんはいつ見ても若いね。60代に見えるよ」
　さっそく、ウソをついているのが聞こえた。
「そう？　ウソでも嬉しいわ」
　母は微笑みながら男を見た。
　それから二人は30分程楽しそうに会話を続けた。
　男の話はテレビのワイドショーに出てくる内容が多かった

が、かなりあやふやで、報道と違っていた。
　しかし、面白おかしく話すので、母は時々大声をあげて笑っていた。
　私は母のこんな笑い声を、しばらくぶりに聞いた。

　父が亡くなって３年。何となく元気がなくなった母。
　そのうえ、最近はもの忘れが多くなり、家族から注意されることが多くなった母。
　私も注意していた一人だ。

　男が去り、普段のつつましやかな顔に戻った母が、ベンチから立ち上がった時、私は姿を現して母に近付いた。
　びっくりしている母に向かって私は言った。
「お母さん、タバコを買いに行った帰りなんだ。僕も座っていい？」
　それから、昨日と同じ服装の母に優しい声で言った。
「お母さん、今日着ている服、とてもよく似合っているね」

　母は、とても嬉しそうな顔をして微笑んだ。
　さっきの男に見せた笑顔を僕にも見せてくれた。

思い出の本

2017.7.10

　人それぞれ、心に残った「思い出の本」があると思う。
　私の場合は『バレエシューズ』という題名の本だ。
　しかし「内容は？」と聞かれても定かではない。覚えているのは、３人の少女が美しい衣装を着けて踊っている表紙の絵だけである。

　小学３年生の時、私は父と二人でバスに乗り、少し離れた町の本屋に出掛けた。
　私はかなり緊張していた。当時、父親は家庭で大黒柱として権威があり、何を決めるにも父の許しがなければ成り立たなかった。
　一緒に遊ぶことは滅多になく、会話も少なく、怖い存在であった。
　二人で出掛けたのは初めてだった。

　その日の朝、父は朝食を食べている私に突然言った。
「今日は誕生日だから、一緒に出掛けよう」
　私は驚いたが、とても嬉しかった。

　父は性格はまじめで、努力家である。
　母と知り合った時は、学校の代用教員として働いていた。
　背が高く、ハンサムで、頭も良かったから、ひと目ぼれし

たと母から聞いた。
　しかし代用教員の給料は少なく、生活は苦しかった。
　やむを得ず、少し給料のいい給食協会の職員に仕事を変えた。
　それでも3人目の私が生まれてからは生活が成り立たず、小学校の用務員に夫婦でなった。
　当時は住み込みだったので、家賃、光熱費は無料となるため、給料は下がっても夫婦二人合わせれば、生活が少し楽になった。
　小学校の校舎の片すみにある、8畳間の和室と小さな台所を備えた部屋が、私たちの家だった。
　トイレは先生たちが使う「職員用トイレ」を使用し、お風呂は近所の銭湯へ行った。
　これからお金がかかることを考えて、家族全員節約生活をして暮らした。
　朝食や夕食に、母が給食のおばさんからもらった残りのおかずやパンがよく並んだ。
　父は好きなお酒もタバコもできるだけがまんし、買う時は一番安い物を買っていた。
　母は、自分のセーターや洋服を作り直して、私たちの衣服を作った。
　私たち姉妹もお菓子とか人形とか、買ってもらいたい物があってもがまんをして口には出さなかった。
　両親の困った顔を見たくはなかった。

　父は元教員だったこともあって、教育には熱心であった。

文房具類は、いつも不足しないように買いそろえてくれた。
　時々宿題も見てくれたし、分からない時は分かるまで時間をかけて教えてくれた。
　私は父を尊敬していた。

「さあ、どれでもいいから、好きな本を選んでごらん。買ってあげるよ」
　父は、本屋に入るとニコニコしながら私に言った。
　初めて自分で選ぶ、自分の本。
　私は、本屋に入るのは初めてだった。あまりの嬉しさと戸惑いで、何を基準に選んでいいのか分からなくなってしまった。

　結局、選んだのが『バレエシューズ』という本だった。
　中を読んで選んだわけではない。読んで選ぶ心のゆとりがその時の私にはなかった。
　その本は表紙が美しかった。ピンク色の背景色、その前で華麗にポーズを決める３人の少女たち。
　裕福な家庭が想像された。貧しい自分と家族との大きな違いが、私にあこがれを抱かせ、心を引き付けた。
「いいなあ……」

　私が選んだ本を父は、内容を確認することなく買ってくれた。

　あの日から、もう50年以上の月日が流れた。

本はもちろん読んだはずだが、話の筋はひとつも思い出さない。
　本もいつの間にか消えてしまった。
　ただ、表紙絵の美しさと、初めて買ってもらった喜びを今も鮮明に記憶している。

　今日は父の命日、なぜか突然この本を思い出した。
「もう一度読んでみたい」
　私は、パソコンに向かうと、『バレエシューズ』と、検索ワードを打ち込んだ。

応援

2017.7.15

　僕は今年、双子の弟と一緒に「野球部」に入部した。
　弟は体を動かすことも声を普通に出すこともできない障害者だったが、先生が特別に入部を許可してくれた。

　４年生の僕は、基礎トレーニングを行った後に、５、６年生の球拾いをするのが主な活動だ。
　練習試合の時は、応援役も務めた。
　僕は生まれつき声が大きいので、いつも張り切って声援した。
　声が出ない弟は、そんな僕をいつもニコニコしながら見ていた。

　夏休みになり、区の大会が始まった。
　今日は、初戦で、相手は区内一の強豪チームＫだった。
　１点も取れぬまま、あっという間に最終回に進んだ。
　Ｋは既に９点を取っている。どう考えても負けははっきりしていた。
　僕は、もう応援する気力もなくなり、弟の隣りに座り試合が終わるのをながめていた。
「どうせ負けるんだ……応援したって意味がない……」

　二人が三振に終わり、とうとう最後のバッターがバッター

ボックスに立った。
　その時、すぐ近くで、「ファイト」と言うかすかな声が聞こえた。
「？？　誰の声？」
　僕は不思議に思いながら声のする方を見た。
　そこには、苦しそうに顔をしかめながら「ファ……」と口を動かしている弟がいた。僕は自分が恥ずかしくなった。
　そして立ち上がると、全身の力を込めて「ファイト！　ファイト！」と大声で叫んだ。

バーゲンセール

2017.7.18

　僕はさっきから一生懸命考えている。
「どうしたら売れるか？」
　もうすぐショッピングセンター全体のバーゲンセールが始まる。
　店も売り上げを伸ばさなければいけない。
　僕は店に来て２年目。異動が多いのでもう古株に入る。

「何としても売れ残りは避けたいなあ。店長は何かいい方法を考えただろうか？」
　僕は店の中を探した。店長はいなかった。
　しかし、机の上に真新しいちらしが置かれているのに気が付いた。

　そこには特価、１万円、３万円、５万円均一と書かれた大きな文字と、数枚の子犬の写真が載っていた。
　僕はその中の１枚に目を止めるとほっとした。
「よかった。これで僕もきっと売れる。さあ、今日からお客さんに好かれる仕草をしっかり練習するぞ！」

どんぐりとクマ

2017.7.20

　私は猟友会に所属している。
　ある日、銃の手入れをしていると、1歳になったばかりの孫がそばにやって来た。
「おじいちゃん、どうして鉄砲をさわっているの？」
　私は森にエサを取りに来たクマが人間を襲った時に、退治するために使うことを説明した。

　それから2年が過ぎたある秋の日、私は孫と一緒に近くの森へどんぐりを取りに出掛けた。
　1時間程でビニル袋一杯のどんぐりがたまり、私たちは帰ることにした。
　その時だった。
　少し離れた所にクマの姿が見えた。
「大丈夫だよ。おじいちゃんが退治するからね」
　私は銃をクマの方に向けながら、不安そうな顔をしている孫に話しかけた。
　すると孫が突然泣き出した。そして私に言った。
「おじいちゃん、クマさんはどんぐりが欲しいだけだよ。僕はどんぐりがなくても家に食べ物があるから大丈夫。だから、このどんぐりをみんなクマさんにあげる。だから撃たないで。お願い」
　この言葉に、私は一瞬、銃を向けるのをためらい、クマか

ら目を離した。
　そして再びクマがいた場所に目をやった時、そこにクマの姿はなかった。
　その後、私たちは、取ったどんぐりを地面にばら撒くと、クマが食べてくれることを楽しみにしながら、仲よく森を出た。

夫の呼び方

2017. 8. 1

　私の夫は女やギャンブルで遊びほうけることもない、仕事ひと筋のまじめ人間である。
　物を大切にし、壊れない限り買い替えることはしないし、手直しできる物は、休みの日に直してくれたりする。
　お酒は多少たしなむが、外で飲むこともなく、私が用意した安価なお酒で満足している。
　この夫の倹約生活のおかげで、家を新築することもできた。ここまでだと良い夫といえないこともないが、しかし、その倹約にも程度がある。
　夫は、冠婚葬祭時にもお金を出すのを惜しむのだ。
　同行する時の私はかなり肩身が狭い。

　ある日、友達に会ってお茶を飲んだ時、私はこの欠点を話した。
　友達はその時、笑って聞いていたが、次の日こんなメールが届いた。
「知ってる？　夫って英語だとhusbandでしょ。ハズバンドって、ほかにも意味があるのよ。何と、節約家なの」
　私はこれを知ってから、夫を紹介する時は、「ハズバンドです」と言うようにした。

私のリフレッシュ法

2017. 8. 3

　外で友達と遊んで家に帰って来た僕は叫んだ。
「お腹空いた〜！」
「もうできてるよ。手を洗ってらっしゃい」
　母の優しい声に呼ばれ、食卓に向かう。
　そこには見慣れた焼きとうもろこしと冷麦が置いてある。
　僕は食べながら友達のことを話す。母は笑いながら聞く。
　二人で会話をしながらあっという間に食べ終わる。
「おいしかった。ごちそうさま」
　それから好きなテレビ番組を見る。
「松竹新喜劇」を見て笑い転げる。
　そして昼寝。横になって扇風機をかける。
　心地よい風が体に当たり、気持ちよく眠りに入る。

　どのくらい時間がたったのだろう。
　私は「リーン、リーン」という騒音で目を覚ました。
「あ！　起きなくてはいけない」
　急いで立ち上がると、顔を洗いに洗面所へ向かった。
　そして鏡に映った自分に向かって、気合いをかけた。
「さあ、今日も家族のために頑張るぞ！」
　僕は時々子供のころの夢を見る。そしてリフレッシュして仕事場へ向かう。

運がいい

2017. 8. 8

　予定のバスに乗り遅れたＮ子は、バス停のベンチに座っていた。
「ああ遅刻しちゃう。どうしよう……」
　バスはもう少し待たないと来ない。
　その日は風が強く、木の枝は左右に揺れ、道路を隔てたアパートの物干し竿に掛かっている洗濯物も、ひらひらと大きく舞っていた。
　その洗濯物をぼんやりとながめていたＮ子は、背面に「幸運」と大きな文字が書かれているＴシャツを見付けた。
「前面には何て書いてあるんだろう？　見たいなあ」
　すると、運よく、強い風が吹いて、ハンガーに掛かっていたＴシャツが半回転した。
　前面には大きく「ラッキー」と書かれていた。
　Ｎ子はさっきまで占領していた暗い気持ちが薄れていくのを感じた。
　少しして、バスが到着した。

　バスが発車した後、風はますます強くなった。
　やがて、Ｔシャツは吹き飛ばされ地面に落下した。
　これを知らないＮ子はやはり運がよかった。

花火見物

2017. 8. 10

　赤、黄、白、青と大きな光の輪が四重円になって、黒塗りのキャンバスに浮かび上がった。続けて、小さなたくさんの星型の光が一斉に輝き、柳の枝を描きながら消えていった。
　この花火の繊細さと大胆さが私は好きだ。

　最後まで見終わった私は、隣りにいる主人に話しかけた。
「ねえ、あなた、去年と違って今年は特によかったと思わない？　節約もできたし」
　すると主人は意外にも不機嫌そうな顔で答えた。
「確かに去年のように、前の人たちの頭で見にくいこともなかったし、蚊にも刺されずに済んだ。それはよかった。でもね……」
　夫は少し間を置くと話を続けた。
「おれはやっぱり去年の方がいいな。花火の大音響や火薬の臭いは嫌いじゃないし、汗を流しながら屋台の焼き鳥を片手にビールを飲むのは格別にうまい。周りの見知らぬ人たちと一緒に興奮するのも楽しいんだ。節約より、雰囲気が花火見物には必要なんだよ」

　主人の返事にムカッとした私は、救いの手を子供たちに求めた。
「ねえ、あなたたちはどうだった？」

すると、いつも私の味方をしてくれる子供たちは追い討ちをかけるように声をそろえて言った。
「お母さん、僕たちは、花火を夜に見たいよ」

　完敗した私は立ち上がってテレビの録画を消すと、部屋のカーテンを思い切り開けた。

楽しいね

2017．8．15

　私はこの仕事に就いて、まだ日が浅い。
　今日は初めて「お楽しみ会」の司会を任された。

「それでは、みなさん。これから自慢大会を始めます」
　私は目の前にいる老人たちに向かって話しかけた。
　テーマを聞いた途端、どの老人も目を輝かせたことから乗り気になっているのが見てとれた。
「それでは一番左のAさんからどうぞ！」
　急に名指しをされたAさんは、照れながらも、しばらく前に体長50センチもある鱒を釣ったことを語った。
　話し終わると、ほかの老人たちに「すごい」を連発され、拍手が起きた。Aさんは満面の笑みを浮かべた。
　その後に続く老人たちもそれぞれ得意顔で自慢を披露し合い、今日の「お楽しみ会」は大成功で終了した。

　夜、「一日の反省会」の折り、次の「お楽しみ会」のテーマが主任から発表された。不思議に思った私は、主任に尋ねた。
「同じテーマでいいんですか？　あきないですか？」
　すると納得のいく答えが返ってきた。
「いいのよ。皆さん今日話したことは覚えていないから。どの方たちにも安心して楽しく過ごしていただくことが一番大

切よ」

　ここは重度の認知症の介護施設である。
　入居者の方同士のもめ事はなく、いつも笑い声で包まれている。

これが最後

2017. 8. 20

　最近、私は断捨離にハマっている。
　しかし、今まで３回試みたが、どれも失敗した。
　結局まだ家中に物があふれている。
　世間では、片付けで遺族が困ったという話が増えている。
　老齢の私はのんびりしてはいられない。

　ある日、「今回こそ最後の断捨離にしたい」と願った私は、本屋へ向かった。
　そして、テレビ番組で紹介された評判の本をさっそく購入した。

　帰宅後、読んでみると、断捨離の手順が詳細に書かれていて、とても分かりやすかった。
「これなら、きっと成功するわ」
　私は本を閉じると、すぐゴミ袋を用意した。
　そして、その本に書いてあるように、「もう二度と使うことがないと思われる物は捨てる」に従って、その本をゴミ袋に入れた。

初めての場所

2017.10.5

　ある日私は、家族のために今まで行ったことのない場所へ出かけた。
　そこは広くて明るい場所だった。
　元気な子供の声がたくさん聞こえてきた。
　私はおなかをすかして待っている自分の子供を思い出した。

「早く手に入れなければいけない」
　けれど、家族が喜ぶお目当ての食べ物はここにはなかった。
「別の場所に移動しよう」
　私は自分がいる場所を確認するために木の上に登った。

「バーン！」
　耳をつんざく音が響いた。

　次の日、校庭に現れた凶暴なクマが銃殺されたという記事が新聞の片隅に載った。

詩人のまねごと　Ⅰ

2017. 10. 10

① 『ただいま』
　誰もいなくなった家を、久しぶりに尋ねてみる。
　見覚えのある建物。
　昔を思い出す景色。

「ただいま」
　玄関の前でつぶやいてみる。
「お帰り」
　遠くから母の声が聞こえた。

　庭にまわると、母が好きだったコスモスの花が、変わらず咲いていた。

② 『トンネル』
　このトンネルはどこまで続くのだろう。

　一人で歩くトンネルは、こわくて寂しい。
「大丈夫」と声を出したら
　何倍にも大きくなって耳に届いた。
　私は何度も「大丈夫」を繰り返す。
　トンネルに励まされ、私は人生をまた歩いて行く。

詩人のまねごと　Ⅱ

2017. 10. 11

③『ガラス』
　あなたと私の間の
　昔、透明だったガラスは、
　手入れをしない間に薄汚れ、
　とうとうひびが入ってしまったのかしら。

　私は割れるのを今、恐れています。

　あなたは新しいガラスにもう変えたいのかしら。

④『点と線』
　私の周りに点はいくつも存在するけれど、
　それを結ぶ線がなかなか書けない。
　やっと書けた線も、気が付かない間に、途切れたり、曲がったりする。

　私はあなたにまっすぐで太い線を届けたいのに。

⑤『一人』
　さみしいね、一人は。
　悲しいね、一人は。
　自由だね、一人は。

声明文

2017.10.15

　今日は、「地球温暖化」についての会議が行われた。
　国内だけでなく、遠く海外からの参加者も多い。

　初めに各国から現状が順に報告された。
「海水温の上昇で氷が溶け、土地の浸水被害が出ています。私自身も住居を移動しました」
「食料が育たなくなり、困っています」
「今までと違うルートで旅をしなければならず、とまどっています」
　次々と、問題点が発表された。

　長時間かけて解決策を話し合った後、声明文が発表された。

「人間は、早急に温暖化対策を進めるべきである。もはや一刻の猶予もない──世界野生動物連盟一同」

著者プロフィール
梅澤 かずえ（うめざわ かずえ）
1953年愛知県生まれ
現在は小さな帽子店を開きながら、介護施設でアルバイトをしている
この本の編集中に、第2回「コトノハなごや」コンクールで入選した

日常は案外ミステリアス

2019年3月15日　初版第1刷発行

著　者　　梅澤 かずえ
発行者　　瓜谷 綱延
発行所　　株式会社文芸社
　　　　　〒160-0022　東京都新宿区新宿1-10-1
　　　　　　　　　　電話 03-5369-3060（代表）
　　　　　　　　　　　　03-5369-2299（販売）

印刷所　　株式会社フクイン

Ⓒ Kazue Umezawa 2019 Printed in Japan
乱丁本・落丁本はお手数ですが小社販売部宛にお送りください。
送料小社負担にてお取り替えいたします。
本書の一部、あるいは全部を無断で複写・複製・転載・放映、データ配信することは、法律で認められた場合を除き、著作権の侵害となります。
ISBN978-4-286-20362-1